Ulrich Knellwolf

Schönes Sechseläuten

Ulrich Knellwolf
Schönes Sechseläuten

Kriminalroman

Arche

Personen und Handlungen sind frei erfunden.
Jede Ähnlichkeit mit lebenden Personen ist
nicht beabsichtigt und wäre rein zufällig.

Für Albert und Trudy Doldt
und
für Jürg und Myrtha Suter.

Umschlag: Unter Verwendung eines Plakats von
Max Hunziker
(© Gertrud Hunziker, Zürich)
Fotos auf Vor- und Nachsatz aus:
Peter Justitz, Walter Baumann und Alphonse A. Niesper, *Sechseläuten. Zürcher Sechseläuten – Fest des Frühlings, der Zünfte und der Jugend.*
Zürich: Orell Füssli Verlag 1976 (© Peter Justitz, Zürich)
und Hans Zehnder, *Constaffel und die 25 Zünfte Zürichs*. Zürich:
Verlag Neue Zürcher Zeitung 1982
(© Peter Justitz, Zürich; Beyeler Photo, Zürich)
Karte: Ulrike Mader
Satz: KCS GmbH, Buchholz/Hamburg
Druck, Bindung: Friedrich Pustet, Regensburg
Printed in Germany
ISBN 3-7160-2232-2

Guet Nacht am sächsi!
Schweizerdeutsche Redensart

Pecca fortiter!
Martin Luther

Und es ward Abend und
ward Morgen.
1. Mose 1,5

I
Eine zünftige Familie

Von einem Tag auf den andern hatte Bruno Geld. Der abgerissene Bruno, der nach billigem Wein und starken Zigaretten roch und der immer pleite war und dem Frühauf manchmal aus lauter Mitleid einen Zehner oder Zwanziger zusteckte, wenn bei ihm selbst nicht gerade Ebbe herrschte.
Er habe, so behauptete Bruno, als Tänzer angefangen, eher ungewöhnlich, wenn man in einem abgelegenen Bauernhaus im Toggenburg aufgewachsen war, und habe es bis an die Grand Opéra in Paris gebracht.
»Als Statist?« fragte Frühauf boshaft, wenn Bruno erzählte.
»Wo denkst du hin!« rief Bruno entrüstet. »Die Statisten an der Grand Opéra in Paris sind ausnahmslos Franzosen. Ausländer nehmen die nicht. Das sind noch Patrioten, die Franzosen.«

»Chauvinisten«, widersprach Frühauf.
»Patrioten«, beharrte Bruno, »nicht wie hier, wo sie alles nehmen, nur keine Einheimischen.«
»Willst du als Statist in unserm Opernhaus arbeiten?«
»Bist du verrückt geworden?«
Ein Knöchelriß links hatte Brunos vielversprechender Solistenkarriere ein vorzeitiges Ende bereitet. So sei er schließlich, erzählte er, an der Côte d'Azur gelandet und Türsteher vor einer Bar geworden. Aber das lange Türstehen sei seinem Knöchel nicht bekommen, und so habe er sich nach einer mehr sitzenden Tätigkeit umgesehen. Die fand er bei einem Händler, der auf Märkten Gemälde für die gute Stube feilbot.
»Zuerst noch die Alphütte im Abendglühen und den röhrenden Hirsch an der Quelle, du weißt schon. Gesamteuropäisch, international. Aber diese Art ging immer weniger. Da stellte er um und verkaufte Clowns, mit ein paar Strichen und Farbklecksen hingeschmissen, moderne Kunst, wie er sagte, aber so, daß man sah, ob der Clown weinte oder lachte. Seltsamerweise liefen die weinenden viel besser als die lachenden, und später merkte ich, daß sie auch einfacher zu malen waren.«

Bruno saß also auf Wochen- und Monatsmärkten in den Bergstädtchen der Cevennen, in den Zentren des Languedoc und vor allem in Saintes-Maries-de-la-Mer.

»Haben die Roma dir die Bilder abgekauft?«

»Die Roma doch nicht, die haben einen viel zu guten Geschmack. Aber das Touristenpack. Du glaubst nicht, was für Schrott das kauft. Ästhetisch orientierungslos, würde ich das nennen.«

In Saintes-Maries-de-la-Mer brachte ihm ein Roma Mundharmonikaspielen bei, und seither war Brunos Plan, eine Oper über einen Mundharmonikaspieler und die Roma von Saintes-Maries-de-la-Mer zu komponieren.

»Man braucht Zeit«, sagte Bruno immer. »Zum Komponieren mußt du vor allem Muße haben.«

Aber Zeit war Geld, weshalb Bruno erst eine Stange Geld verdienen mußte, bevor er mit Komponieren anfangen konnte. Also war er eines Tages auf die Idee gekommen, es könnte gewinnbringender sein, wenn er die Clowns selber malte, als sie im Auftrag seines Chefs zu verkaufen. Es stellte sich heraus, daß es nur eine Frage des Preises war.

»Bist du gleich gut, aber billiger, hast du den Auftrag«, sagte der Chef.

Schon der erste weinende Clown überzeugte den Chef. Was heißt überzeugte? Er riß ihn vom Stuhl, und als Bruno ihm den weinenden Clown auch noch zu zwei Dritteln des Preises, den die Konkurrenz verlangte, überließ, bestellte der Chef auf Anhieb fünfzig Stück. So wurde Bruno Maler, um Komponist werden zu können, Maler von weinenden und lachenden Clowns.

Das Geschäft blühte, jedoch auf einen wirklich grünen Zweig kam Bruno damit trotzdem nicht. Und als er bei einer seiner seltenen Reisen in die Schweiz auf dem Markt in Genf die Preise für die dort angebotenen Schinken sah – vorwiegend immer noch röhrende Hirsche und Alpenglühen, weniger weinende und lachende Clowns –, da gingen ihm die Augen über, und er entschloß sich, das Frankreichgeschäft an den Nagel zu hängen und heimzukommen. Er ließ sich in Zürich nieder und betrieb hier seine Clownmanufaktur weiter.

Seitdem Frühauf in der Nähe der Predigerkirche wohnte, pinselte Bruno in den beiden Zimmern unter ihm weinende und lachende Clowns und redete die ganze Zeit von seinem Traum, die große Oper zu schreiben, wenn er mit den Clowns genug verdient hätte. Doch auch die

Clowns waren eines Tages nicht mehr der Gipfel der Wohnzimmermode, und Bruno schlug sich immer mehr schlecht als recht durch.
Aber mit einemmal hatte Bruno Geld. Sagte nichts, schwieg beredt über die Herkunft wie alle richtig Reichen und alle schlauen Gauner, aber hatte Geld. Denn er gab sichtbar welches aus, und nicht knapp. Jeans immer noch, aber welcher Unterschied im Schnitt! Jeanshemden würde er sich niemals abgewöhnen können, jedoch war an seinen neuesten mehr Seide als grobgesponnene Baumwolle. Und die Schuhe italienisch und der Regenmantel englisch großzügig geschnitten wie ein Zelt, Pullover aus Lambswool und ein Haarschnitt für garantiert über hundert Franken. Bruno, dessen Bilder der Auswurf des schlechten Geschmacks gewesen waren, entwickelte guten in der Kleidung.
Überhaupt brauchte er mehr Kleider als früher, denn neuerdings ging Bruno viel aus und kam meistens erst im Lauf des nächsten Vormittags zurück. Frühauf hätte schwören können, daß er nicht mehr malte. Aber er komponierte auch nicht, wenigstens nicht in seinen beiden Zimmern unter Frühaufs Füßen. Man bekam ihn kaum noch zu Gesicht.

»Schau an, schau an! Ist bei dir der Wohlstand ausgebrochen?« frotzelte Frühauf, als er Bruno im Treppenhaus aufgeputzt zum Ausgehen traf. Unten vor der Haustür lief schon der Motor des wartenden Jaguar Sport. »Reiche Freundin?«
»Kein Kommentar. Bin in Eile.«
»Die reine Freude mit der«, schwärmte er am Tag darauf, als er bei Frühauf anklopfte.
»Wie lang dauert's schon?«
»Drei Wochen, und immer noch die reine Freude!«
Das sagte Bruno, dessen Freundschaften sich bisher mit verhängnisvoller Regelmäßigkeit nach spätestens vierzehn Tagen in seelische Zerreißproben zwischen absoluter Freiheit und schmählicher Sklaverei und also in verzweifelte Alpträume verwandelt hatten.
»Und Geld hat sie auch, wie's scheint.«
»Das auch«, sagte Bruno und schaute ein wenig beschämt an dem teuren Regenmantel, den noblen Jeans entlang auf die weichledernen Schuhe.
»Komm herein«, sagte Frühauf, aber Bruno hatte keine Zeit. Er würde in einer Stunde abgeholt und müsse sich vorher noch duschen und umziehen.
So war das mit Bruno. Er zahlte Frühauf sogar

die letzten drei Kleinkredite zurück. Über die weiter zurückliegenden war schon zu lange Gras gewachsen, und als Bruno mit demonstrativer Gewissenhaftigkeit auch darauf zurückkommen wollte, weigerte sich Frühauf. Es hätte nicht mehr viel gefehlt, und Bruno hätte gesagt: »Wenn du einmal etwas brauchst, dann laß es mich wissen.«

Felix Frühauf, Journalist, fünfzig, freischaffend, mit ausgedehntem Privatarchiv, fand natürlich heraus, wer die Dame war. Zwar ließ sie sich nicht im Hause blicken, aber ein Auto hat eine Nummer, und das Verzeichnis der Autonummern gehört zur journalistischen Grundausstattung. Also gewartet, bis der Jaguar Sport wieder vor der Haustür den Motor laufen ließ, Feldstecher zur Hand genommen, Nummer notiert, im dicken Buch nachgeschlagen, dann weiter ins Telefonbuch und schließlich zu Frühaufs Stolz, seinem Archiv, das er in zwanzig Jahren Freibeuterei zusammengetragen hatte.
Restelberg hieß die Jaguarbesitzerin. Von den RAG-Restelberg? Arnikka Restelberg. Mit zwei k. Arnikka.
Frühauf lachte, weil ihm die gelbpelzigen Blumenköpfe einfielen, die er als Kind in den Ferien

im Berner Oberland gesammelt hatte, um sie seiner Großmutter mitzubringen, die sie in Schnaps einlegte, um sie dann gegen Rheumatismus einzureiben. Sie schwor auf die präventive Wirkung von Arnica.

Arnikka Restelberg. Wohnhaft am Zürichberg. Also tatsächlich eine von den Flugzeugwerken. Gute Familie, etwas vom Feinsten in der Stadt, und sehr alt. Mindestens so alt wie die Eidgenossenschaft und natürlich in einer Zunft.

War Arnikka eine geborene oder eine angeheiratete Restelberg? Im Nummernverzeichnis wie im Telefonbuch fehlte der Mädchenname. Also konnte es damit nicht weit her sein, falls sie angeheiratet war. Würde sie aus gutem Hause stammen, Meyer mit Ypsilon oder Escher oder Ulrich oder, von auswärts, eine Burckhardt aus Basel, von Erlach aus Bern oder Pictet aus Genf, dann gäbe es zweifellos einen Bindestrich hinter Restelberg.

Frühaufs Archiv wußte Bescheid. Arnikka war mit einem Restelberg verheiratet. Gerold, so der Vorname des Ehemannes von Brunos neuer Freundin, war Jurist, Unternehmer, wohnhaft in den Vereinigten Staaten. Er hatte vor neun Jahren zum zweitenmal geheiratet.

»Ach so«, sagte Frühauf gedehnt zu sich selbst und zum Papier in seinen Händen. Ziviltrauung in Las Vegas, viel später eine nachgeholte kirchliche Trauung in der Zürcher Predigerkirche mit Arnikka Mailer, Tänzerin.
»Las Vegas«, las Frühauf noch einmal und fügte »Night Club« hinzu. Bruno hatte eine Berufskollegin, eine Geistesverwandte, Körperkultpartnerin und Bodyästhetin gefunden.
Frühauf blätterte weiter. Eine vergilbte Fotografie zeigte Gerolds Vater 1947, ebenfalls Gerold mit Vornamen, Jahrgang zehn. Kurz vorher war dessen Vater, nicht Gerold, sondern Felix, gestorben, und Gerold senior hatte die Leitung der Flugzeugwerke übernommen. In einer angehefteten Zeitungsnotiz las Frühauf den Satz: »Den neuen Chef erwartet ein blühendes Unternehmen.«
Der alte Felix Restelberg war 1881 geboren. Auch von ihm gab es ein Bild. Weißer Bürstenschnitt, das aufgedunsene Gesicht eines ständigen Rotweintrinkers; wie ein Papageienpaar saß ein Kneifer auf der Nasenwurzel. Dipl. Ing. ETH. Gründete 1910 nach Abschluß des Studiums und kurzer Tätigkeit als Assistent beim Grafen Zeppelin in Friedrichshafen zusammen mit seinem

Studienkollegen Franz Amherd in einer bankrotten Limonadenfabrik an der Glatt die Flugzeugwerke RAG – Restelberg & Amherd, Glatt – und entwickelte schon bald erste Kleinflugzeuge. Das Geschäft begann zu blühen, als Deutsche, Engländer und Franzosen Interesse an den Maschinen aus dem Glattal zeigten, militärisches Interesse natürlich.

Vier Jahre nach Gründung der Firma brach der Erste Weltkrieg aus. Amherd sympathisierte mit den Franzosen und Engländern, Restelberg stand stramm für Deutschland ein. Man kam von der Konstruktion ganzer Flugzeuge, auch kleinerer, ab und produzierte statt dessen Bestandteile von Flugzeugmotoren. Amherd wollte die Deutschen nicht mehr beliefern, auch auf die Gefahr hin, daß es zu einem Geschäftseinbruch kam. Restelberg dagegen war für die Belieferung aller Seiten, schön neutral, trotz seiner eindeutigen Vorliebe für die eine. Es gab Streit, und da bei Restelberg viel Kapital im Hintergrund war, von seinen gesellschaftlichen Beziehungen ganz zu schweigen, Amherd aber aus bescheidenen Innerschweizer Verhältnissen kam, war es für Restelberg ein Leichtes, Amherd mit Unterstützung der deutschfreundlichen Bank unter Druck zu setzen.

So war Amherd schnell am Boden und mußte froh sein, als Restelberg seinen Anteil zu einem äußerst günstigen Preis übernahm – günstig für Restelberg, nicht für Amherd. Jetzt erst begann der eigentliche Aufschwung der RAG, wie die Firma immer noch hieß, und als der Krieg 1918 zu Ende ging, war die RAG unter Felix Restelbergs Leitung die Nummer eins auf ihrem Gebiet in ganz Europa.

Inzwischen hatte der Alleininhaber 1909 geheiratet, Friederike von der Platzen, eine baltische Adlige, deren Familie in Livland Ländereien besaß und die er während einer Kur in Baden kennengelernt hatte. Die Hochzeit wurde auf dem elterlichen Rittergut in der Nähe von Dorpat gefeiert. Aus Zürich war eine ganze Fraktion Restelberge angereist, denen die lutherische Messe ganz katholisch vorkam.

Als das Paar nach ausgedehnter Hochzeitsreise über Helsinki, Stockholm, Kopenhagen und Hamburg zwei Monate später in Zürich zurück war, muß Friederike Restelberg bereits guter Hoffnung gewesen sein, denn keine neun Monate später kam Gerold zur Welt. Die Jahre seiner Kindheit waren begleitet vom einsetzenden Höhenflug der väterlichen Firma.

Gerold wurde wie der Vater Ingenieur und absolvierte anschließend eine Ausbildungsreise durch die besten Flugzeugwerke in Europa und Übersee. 1936 kam er aus Berlin zurück, trat in die Fabrik ein und hatte anfangs große Schwierigkeiten wegen seines Führungsstils und seines Tons, bis ihn der Vater belehrte, was hierzulande in diesen Zeiten ging und was nicht, auch wenn das preußische Exerzierreglement seit General Wille im schweizerischen Militär den Ton angab. Im selben Jahr, 1936, heiratete Gerold Restelberg seine Jugendfreundin Uta Meyer, von der Firma Meyer & Compagnie, Seidenhandel en gros. Uta Ellen – den zweiten Vornamen hatte sie von ihrer englischen Mutter – galt zu ihrer Zeit als das schönste und lebenslustigste Mädchen in ganz Zürich, mit den verrücktesten Hüten, das vor niemandem kuschte und den Teufel nicht fürchtete. Ihrem Mann sollten diese Seiten schon bald gute Dienste leisten.
Das alles fand Frühauf in seinem Archiv, jenem papierenen Friedhof, in dem so viel über die Lebenden zu lernen war, wenn man nur die Grabinschriften für die Toten zu lesen verstand. Er blieb an Berichten hängen, die in reißerischer Aufmachung von den weit über die Stadt hinaus

bekannten Abenteuern der Uta Restelberg erzählten. Das war lange her. Und richtig, Uta Restelberg war es gewesen, die in einem Interview Anfang der fünfziger Jahre Stalin einen bemerkenswerten Mann genannt hatte, dem sie und ihresgleichen viel zu verdanken hätten. Das hatte damals in ihren Kreisen einen Sturm ausgelöst.
Zuletzt stieß Frühauf auf ein fünfzehn Jahre zurückliegendes Interview mit Uta Restelberg geborene Meyer über das Sechseläuten. Die Zünftersgattin, von der elterlichen Familie her mit dem Zürcher Zunftwesen seit Kindsbeinen vertraut und in eine nicht minder zünftige Familie hineingeheiratet, gab darin Auskunft über die Rolle der Frau bei diesem Männerfest des Zürcher Bürgertums am dritten Montag im April.
Zum Beispiel hatte der Interviewer gefragt: »Und es ist Ihnen nicht zu wenig, während des Sechseläutenumzugs am Straßenrand zu stehen und Blumen an die vorbeiziehenden Zünfter zu verteilen?«
Uta Restelbergs Antwort lautete: »Zu wenig? Warum zu wenig? Was wäre denn der Männerumzug ohne die Zuschauerinnen? Nichts, sage ich Ihnen, überhaupt nichts! Die Zuschauer sind das Wichtigste bei einem Umzug, glauben Sie mir.«

2

Sechseläutenvorbereitung

»Wie geht's deiner Schwiegermutter?« fragte Frühauf Bruno bei nächster Gelegenheit im Treppenhaus.

»Wen meinst du?«

»Die alte Uta Restelberg, wen sonst.«

»Die ist doch nicht –«, protestierte Bruno und zog die Stirn in Falten. »Woher weißt du –?«

»Journalistische Spürnase.«

»Meine Schwiegermutter ist sie nicht!«

»Aber die deiner Freundin.«

Bruno lachte. »Es geht ihr ausgezeichnet. Warum interessiert dich das?«

»Ich würde gern ein Interview mit ihr machen, übers Sechseläuten«, sagte Frühauf. »In einem Monat ist Sechseläuten. Kann sie das noch?«

»Und wie! Sie wird auf dem Balkon eines ihrer Häuser am Limmatquai sitzen, einen randvollen Blumenkorb rechts und einen links. Sie wird ihren Verwandten, Freunden und Bekannten Blumen zuwerfen wie jedes Jahr – und fast alle, die am Sechseläutenumzug mitmarschieren, sind Verwandte, Freunde oder Bekannte. Paß bloß auf, daß du lebend aus dem Haus kommst, wenn du sie nach dem Sechseläuten fragst! Sie redet immer noch sehr gern.«

Ob er ihm einen Termin bei der alten Dame verschaffen könne, fragte Frühauf Bruno, und es war das erstemal, soweit er sich erinnern konnte, daß er etwas von Bruno wollte und nicht Bruno von ihm.

Schon am folgenden Mittag teilte Bruno Frühauf im Ton eines familiären Insiders mit, es passe Uta am Dienstag kommender Woche um drei Uhr nachmittags.

So machte sich Frühauf am vereinbarten Dienstagnachmittag zur Restelbergschen Villa auf. Im Tram studierte er noch einmal die Stichworte auf seinem Zettel.

Utas Mann Gerold, der Senior, war – wie sein Vater – nicht alt geworden. Er starb 1976, so daß Gerold junior mit achtundzwanzig die Leitung der Firma übernehmen mußte, was nicht gut gehen konnte. Gerold war zu jung, er war faul im Studium gewesen, dafür um so eifriger auf der Jagd, die schon seinen Vater in den Bann gezogen hatte. Das Ingenieurexamen an der ETH hatte er geschmissen, darauf mit Ach und Krach und Hilfe von allen Seiten einen Abschluß in Jurisprudenz geschafft und sich nach dem Tod des Vaters in das große Büro der Chefetage gesetzt und den Alten nachgeahmt.

1977 Heirat mit Regula Escher, beste Zürcher Familie, einer etwas bläßlichen Frau, die seine Mutter ihm zugeführt hatte und die sich wortlos in alles schickte, in Gerolds angeberische Dummheit, in seine Jagdverrücktheit, seine endlosen Weibergeschichten. Sie gebar ihm einen Sohn, Gerold den Dritten, und sie kämpfte nicht, als Gerold junior sich kurze Zeit darauf von ihr scheiden lassen wollte, weil eines seiner wechselnden Verhältnisse ihm das Messer an den Hals setzte und die Heirat verlangte. Regula, unschuldig, wie sie war, kam bei der Verhandlung gut weg, zog sich in ein Landhaus oben am See zurück und lebte dort nur für die Erziehung ihres Sohnes, den sie vor der Restelbergschen Familie wie vor einer ansteckenden Krankheit abschirmte, nicht nur vor dem Vater, der sich wenig um den Sohn kümmerte, sondern auch vor Uta, der

Großmutter. Mit dieser verspielte es Regula deswegen oder vielleicht auch, wie böse Zungen behaupteten, weil Uta ihr nicht verzieh, daß sie ihr Geld aus der Firma abgezogen und damit die RAG, wie sie auch jetzt noch hieß, an einem empfindlichen Nerv getroffen hatte. Inzwischen hatte Uta Restelberg alles allein in den Händen.

Gerolds Scheidung wurde Anlaß zu einer familiären Flurbereinigung. Uta warf ihren Sohn kurzerhand hinaus, und dieser verschwand nach Übersee. Zurück ließ er nicht nur seine erste Frau und das Kind, sondern auch das Verhältnis, das der Anstoß zur Scheidung gewesen war. Er kam erst wieder zurück, als er seiner Mutter eine neue Schwiegertochter und einen Enkel präsentieren konnte: Arnikka und Jeremy. Beide schien Uta sogleich ins Herz geschlossen zu haben, möglicherweise nicht zuletzt, weil sie Trümpfe gegen die verhaßte frühere Schwiegertochter Regula waren.

Gerolds erster Sohn mußte inzwischen fünfundzwanzig sein. Nach seiner Rückkehr aus London lebte auch er seit einigen Monaten in der Villa der Großmutter. In der Stadt wurde gemunkelt, Gerold der Dritte beanspruche die Führung des Unternehmens.

Auf der Rückseite von Frühaufs Zettel stand noch das Stichwort »Hitler«. Frühauf war in seinen papierenen Schätzen auf die Bemerkung gestoßen, Uta Restelberg habe vor dem Krieg den Führer im Berghof auf dem Obersalzberg bei Berchtesgaden besucht. Vielleicht würde es ihm gelingen, sie auch darauf anzusprechen? Frühauf hatte zwar häufig die Erfahrung gemacht, daß Leute aus der Kriegsgeneration nicht gern über das redeten, was vor und in und gleich nach dem Krieg gewesen war. Aber Uta Restelberg mußte er nicht lange bitten. Sie brauchte nur einen kleinen Schubs, und schon schwamm sie auf der zwielichtigen Geschichte herum wie eine muntere junge Ente auf einem schmutzigen Teich. Hemmungen kannte sie nicht. Alles an ihrer gesellschaftlichen Rolle war ihr selbstverständlich, und sie redete über den Besuch auf dem Obersalzberg nicht anders als über die Art, wie sie die kleinen Blumensträuße beim Gärtner binden ließ, die sie den Zünftern am Sechseläutenumzug zuwarf.

Es war ein Haus aus der besten Zeit des Jugendstils, auf einen Punkt über die Stadt gestellt, wo der Blick auf See und Berge einem den Atem nahm. Frühauf wurde von der Haushälterin an der Tür empfangen und durch ein dämmriges Entrée geführt, vorbei am lebensgroßen Portrait des Firmengründers Felix Restelberg. Frühauf kannte ihn von den Fotos in seinem Archiv.

Nach dem Halbdunkel im Korridor erstaunte ihn die Helligkeit des Salons. Der Raum ging auf den Garten hinaus, und seine Farben leiteten sanft vom Haus in die Natur über. Frühauf wurde zu einem Sofa gebeten, auf dessen Überzug gelbe Papageien zwischen großen blauen Blumen miteinander stritten. Impressionisten in üppigen Rahmen hingen an den Wänden und hofierten dem Kapital.

Uta Restelberg saß in einem dunkelgrünen Lodenkostüm auf einem hochlehnigen Stuhl, neben sich ein Tischchen mit Telefon, elektrischer Glocke für die Hausangestellte, Modezeitschriften und dem neuesten Pferderennenroman von Dick Francis, auf englisch selbstverständlich. Frühauf liebte englische Kriminalromane, aber er konnte sie zu seinem Bedauern nur in deutscher Übersetzung lesen. Sie saß da, die schlanken Beine in den dunklen Strümpfen übereinandergeschlagen, das weiße Haar leicht toupiert, das Gesicht sonnengebräunt, aber ohne die Lederhaut, wie man sie häufig bei sportlichen alten Frauen sieht. Sie war kaum geschminkt, ein wenig Lippenrot, eine diskrete Blautönung auf den Lidern, und rauchte eine schneeweiße schmale lange Zigarette in einer kleinen silbernen Spitze. Nachdem der Tee serviert war, dazu die Friandises von der Bahnhofstraße, wobei Uta Restelberg, um ihrer Rolle als Gesellschaftsdame Genüge zu tun, zu einem kurzen Exkurs darüber ausholte, welche Pâtisserie der ersten Adressen eßbar und welche schlechterdings ungenießbar sei, begann Frühauf, sie nach dem Sechseläuten zu fragen. Dazu war er ja hergekommen. Und Uta erzählte von ihrer Kindheit, wie sie am Umzug der Zünfte als Trachtenmädchen mitmarschiert sei, wie sie, größer geworden, mit Mutter und Schwestern und all den anderen Zünftersfrauen am Straßenrand gestanden und Freunden und Verwandten Blumensträuße gebracht und von jungen Verehrern scheue Küsse dafür bekommen habe.

»Sie dürfen nicht glauben, wir seien prüde aufgewachsen«, rief sie mit Raucherstimme. »Der Kuß eines Jünglings verursachte mir keine Gehirnerschütterung. Wie hätte ich sonst mit achtzehn die École Militaire durchgestanden!«

»Die École Militaire in Paris?«

»Jaja, da staunen Sie, was? Das war so. Sie wissen ja, mein Vater kommandierte zuletzt eine Division. Das machte man damals noch nebenher. Als die Deutschen im Ersten Weltkrieg Frankreich überrannten, stand mein Vater als Major im Jura an der Grenze. Ganze französische Regimenter wurden abgedrängt, eins auch im Abschnitt meines Vaters. Der Kommandant auf französischer Seite war ein Oberst de la Monnairie. Die beiden Offiziere verstanden sich gut, wurden in kurzer Zeit Freunde, und als de la Monnairie nach Frankreich zurückkehrte und dort eine steile Karriere machte, behielt er meinen Vater in guter Erinnerung und schrieb auch noch Neujahrswünsche, als er General und Kommandant der École Militaire geworden war. Alle meine Vettern, soweit sie Offiziere waren, wurden von de la Monnairie in die École eingeladen. Als ich achtzehn war, setzte ich durch, daß ich meinen Vetter Hünerwadel dort besuchen durfte. Er hatte mir geschrieben, er wolle mir Paris und die École zeigen.

Also fuhr ich hin, und der General war so begeistert von mir, daß er mich für einen vollen Monat in der Schule behielt. Es waren sehr lustige vier

Wochen. Mit dem Vetter Hünerwadel verbanden mich gewisse Sympathien. Er rechnete sicher mit einem romantischen Abenteuer und der zwangsläufig darauffolgenden Verlobung, da ich ja seine Einladung nicht ausgeschlagen hatte. Wie er sich täuschte, der Gute! Er kam bei mir nicht an, dafür ich um so mehr beim Schulkommandanten. De la Monnairie wurde ganz närrisch – das werden Sie ja hoffentlich nicht schreiben, das erzähle ich Ihnen einfach so –, und ich mußte mich gegen den alten Mann richtig zur Wehr setzen und dafür sorgen, daß er sich nicht spornstreichs von seiner Frau scheiden ließ, um mich zu heiraten.«

»Sie wollten nicht Frau Generalin werden?«

»De la Monnairie stammte aus sehr altem, sehr angesehenem Adel. Das wäre schon etwas gewesen. Aber er war fünfunddreißig Jahre älter als ich, und er war verheiratet –«

»Was Sie doch sicher nicht gehindert hätte.«

»Was mich natürlich nicht gehindert hätte. Mitleid mit seiner Frau – kaum. Aber er war mir einfach zu alt.«

»Und als Sie in die Schweiz zurückkamen –«

»– hatte ich mir in den Kopf gesetzt, fliegen zu lernen. Frauen, die Auto fuhren, gab's damals schon viele, aber Frauen als Pilotinnen so gut wie gar nicht, und die wenigen, die's gab, wurden als Mannsweiber tituliert. Aber ich wollte nun einmal, und wenn ich etwas wollte, dann war es schwer, mir das auszureden. Maschinen faszinierten mich, wenn man sich damit fortbewegen konnte. Noch heute verstehe ich mehr von Autos als mein Chauffeur. Glücklicherweise war meine Mutter Engländerin. Engländerinnen sind entweder verzärtelt oder sehr mutige Frauen. Meine Mutter hatte einige Jahre in Ruanda gelebt, was nicht gerade ein Mädchenpensionat war, aber eine Lehrzeit. Sie glaubte, daß es durchaus nicht verrückt sei für eine junge Frau, den Pilotenschein zu erwerben. So kam ich mit der RAG in Kontakt, und Gerold Restelberg wurde mein Fluglehrer. Ich habe ihn dafür einiges andere gelehrt.«

»Und haben ihn schließlich geheiratet.«

»Das klingt, als hätte ich's gezwungenermaßen getan. Glauben Sie ja nicht, ich hätte mir von den Abenteuern in Paris meine Wahlfreiheit vermasseln lassen. Vetter Hünerwadel war mir – zu hünerwadelig. Aber Gerold Restelberg, der stellte etwas dar! Kein Waschlappen. Und erstaunlich vorurteilslos. Er wußte, daß ich mich nicht einsperren ließ.«

»Sie haben ihn geheiratet –«

»Ja, 1936. War das ein Fest! Die ganze Stadt wetzte das Maul. Ich kam in einem schulterfreien Kleid zur Trauung ins Großmünster. Den Pfarrer hätte um ein Haar der Schlag getroffen. Das Publikum raunte, aber später, im Baur au Lac, löste sich alles in Minne auf, und am Schluß waren sowieso die meisten betrunken.«

»Und dann gingen Sie auf die Hochzeitsreise, nicht ohne geschäftliche Nebenabsichten.«

»So waren die Zeiten! Schlecht. Krise, Arbeitslosigkeit. Ich weiß nicht, ob Sie sich vorstellen können, wie das damals war. Die Schlangen vor den Suppenküchen.«

»In die Sie sich ja aber nicht einzureihen brauchten.«

»Selbstverständlich nicht.«

»Sie, oder besser Ihre Familie, hätte etwas von ihrem Vermögen –«

»Abtreten sollen? Verteilt ist schnell, weit gereicht hätte es nicht und genützt gar nichts. Die Lage war kritisch, und ich frage mich bis heute, warum es nach dem Generalstreik von 1918 in den zwanziger und dreißiger Jahren zu keinem Revolutionsversuch mehr kam.«

»Sie vergessen die einsetzende Gefahr der Nazis.«

»Vergesse ich nicht, vergesse ich keineswegs! Denn was immer die sonst noch getan haben, wir verdanken's denen, daß niemand sich getraute, mit revolutionären Streichhölzern zu spielen.«

»Sie heirateten also und gingen auf die Hochzeitsreise. Und zwar ausgerechnet nach Berchtesgaden.«

»Nicht nur nach Berchtesgaden, das denn doch nicht. Seien wir genau, lieber Freund! Gerold und ich fuhren zuerst nach Dresden – Semperoper, Richard Strauss, Karl Böhm am Pult –, dann nach Berlin. Erst am Schluß fuhren wir nach Berchtesgaden.«

»Und in Berchtesgaden auf den Obersalzberg, zum Berghof.«

»In den Berghof, lieber Freund, in den Berghof hinein! Wir waren eingeladen.«

»Bei Hitler?«

»Jawohl, von Hitler persönlich.«

»Von Hitler persönlich? Kannten Sie ihn denn?«

»Also hören Sie! Wer kannte Hitler nicht? Nicht persönlich, aber das andere reichte völlig. Nein, wir, das heißt mein Mann, kannte Göring. Der war ja ein hundertprozentiger Flugzeugnarr, obwohl er selber mehr wie ein Zeppelin aussah, der Herr Reichsluftmarschall. Ihn hatte mein Schwiegervater schon in den zwanziger Jahren kennengelernt, Göring hatte sich damals sehr für unsere Produkte interessiert. Als er dann in Deutschland etwas zu sagen hatte, machten wir keine schlechten Geschäfte. Und wenn es harzte, wurde mit einem Fuder alter Holländerschinken nachgeölt. Er war ja ganz verrückt nach altholländischer Malerei. Fragen Sie mich nicht, was es meinen Vater an nichtentarteter Kunst gekostet und woher er sie sich beschafft hat!«

»Es war also Göring, der Ihnen bei Hitler die Türen öffnete.«

»Es war Göring. Wir brauchten dringend die direkte Beziehung zum Führer. Die Nazis gingen nämlich einfach daran, unser Patent nachzubauen.«

»Sie wollten nicht tatenlos zuschauen und verlangten Ihr Recht.«

»Was heißt hier Recht! Daß die sich an kein Recht hielten, war uns vollkommen klar. Nein, mit Recht war bei denen nichts auszurichten. Das ging einzig und allein übers Persönliche. Wenn der Führer uns kannte und wir ihn dazu brachten, unser Patent zu respektieren, dann mußten wir uns keine Sorgen mehr machen. Also sagten wir zu, als Göring uns auf den Ball zu seinem Geburtstag nach Berlin einlud. Um so lieber, als er in Aussicht stellte, Hitler werde auch erscheinen.«

»Und, kam er?«

»Gefeiert wurde im Adlon, und wir mußten lange warten, bis Hitler kam. Kurz vor Mitternacht, als wir schon nicht mehr daran glaubten, platzte er dann mitten in den schönsten Walzer hinein. Die Musik zerbröselte, das Gelächter brach ab. Unter der Tür stand, im Ledermantel, umgeben von Ledermänteln und Hakenkreuzarmbinden, der Führer. Göring, in einer seiner Phantasieuniformen, stolperte vor Schreck und Glück über den umgehängten Schleppsäbel und wäre beinahe hingeschlagen. Als er sich aufgefangen hatte, brüllte er: ›Heil, mein Führer‹, und alles hob den Arm und stimmte ein.«

»Sie auch?«

»Merken Sie sich eins, mein Freund, ich bin keine Heldin. Jedenfalls keine von der heroischen Sorte. Natürlich hob auch ich meinen Arm. Und genau dieser erhobene Arm verschaffte uns die Einladung nach Berchtesgaden.«

»Das müssen Sie mir näher erklären.«

»Ich war von einem Luftwaffenbonzen zum Tanz

geholt worden, einem hageren Gestell, das aus dem Mund stank und mir alle paar Takte auf die Füße trat. Wir tanzten nahe beim Eingang, wenn man das, was dieses lange Elend mit mir anstellte, tanzen nennen konnte. Wir standen also ganz nahe beim Führer, als es der Musik den Atem verschlug, und während ich meinen Arm etwas anfängerhaft zum deutschen Gruß hißte und schnell wieder senkte und Hitler, der seinen Arm mit der Hand wie ein Waschlappen dran nur schlaff bis in Achselhöhe erhoben hatte, die Hand an die Hosennaht zurück legte, da sagte er leise, aber so, daß ich es hören konnte: ›Was für ein hübscher Arm, der sich da zum deutschen Gruße streckte.‹ Gruße, sagte er, mit einem e hinten. Es klang, wie wenn es in der engstirnig brutalen Fraktur des Dritten Reiches geschrieben wäre. Dazu musterte er mich mit seinen Wasseraugen, und ich mußte aufpassen, daß mir nicht die Knie weich wurden. Nicht wie Sie denken. Erotisch ging null Komma gar nichts von ihm aus. Er hatte die Aura vorzeitig gealterter Hagestolze und Knoblauchzehenzerkauer. Aber wenn die Augen eines, vor dem die ganze Welt zittert, mit frühvergreister Lüsternheit wie mit einer Reisbürste über deine nackten Schultern kratzen, dann ist es schon zum Weiche-Knie-Bekommen. Er winkte, die Musik solle fortfahren. ›Lassen Sie sich nicht stören‹, hörte ich ihn sagen, während ein Diener, der selber aussah wie ein Generalfeldmarschall in Kampfmontur, ihm den Mantel abnahm. Er trug Stiefel, ich denke absichtlich, um nicht tanzen zu müssen. Und über den Stiefeln die weite Hose. Schon da fiel mir auf, daß er keine Hinterbacken hatte. Der Hosenboden hing leer herunter, halb von den Waffenrockstößen verdeckt.«

»Hat er Sie noch einmal angesprochen?«

»Nicht gleich. Er war sofort umringt von Partei- und Reichsgrößen, Göring natürlich voran. Mit einigen zog er sich in einen Nebenraum zurück. Dort saßen sie im Halbkreis vor ihm, er dozierte, und sie hockten auf den Kanten ihrer Stühle und hörten andächtig zu. Er trank Wasser, ich sah es, während ich mit einem Sturmbanngockel tanzte, der mir unanständiges Zeug ins Ohr flüsterte. Ich brachte ihn zum Schweigen, indem ich zu ihm sagte, wenn er nicht sein Schandmaul halte, trete ich ihn mit meiner Schuhspitze, er wisse, wohin. Da bekam er einen Hustenanfall, lief violett an und legte für den Rest des Tanzes Distanz zwischen uns, als sei ich räudig geworden. Erst als wir gehen wollten, Gerold und ich, weil viele andere schon gegangen waren, obwohl bedeutet wurde, man solle sich durch die Gegenwart des Führers nicht gehindert fühlen, er habe Wichtiges mit seinen Mitarbeitern zu besprechen – ›Sehen Sie, unser Führer ist immer im Dienst‹, lallte ein betrunkener Dicker aus der Industrie, der an einer Riesenzigarre nuckelte –, als wir eben gehen wollten, kam Hitler aus dem Séparée und marschierte dicht an mir vorbei. Dabei traf mich sein Blick, er blieb stehen und sagte: ›Aha, da haben wir ihn wieder, den schönen Arm vom deutschen Gruß.‹ Diesmal sagte er es ohne das e am Schluß. Es wirkte nackt, geradezu anzüglich.

›Wer sind Sie?‹ wollte er fragen, aber Göring war schon wie ein aufgepumpter Medizinball herangerollt und nannte unsere Namen.

›Sie stellen Bestandteile für Flugzeugmotoren her?‹ fragte Hitler meinen Mann, schaute jedoch unverwandt mich an.

›Jawohl, mein Führer‹, antwortete Gerold wie geölt.

›Interessant‹, sagte daraufhin Hitler, und ich war noch im Hotel erstaunt, daß er ›interessant‹ gesagt hatte. Denn ›interessant‹ ist doch ein Fremd-

wort und nicht wirklich deutsch, und er wollte ja alle Fremdwörter aus der deutschen Sprache verbannen, der Hitler. Aber er sagte ›interessant‹, ohne die Augen von mir zu nehmen.
›Wir sollten uns darüber eingehender unterhalten, finden Sie nicht‹, und immer noch die Augen auf meinen Schultern und meinem Décolleté.
›Jawohl, mein Führer‹, sagte Gerold.
›Dann kommen Sie doch zu mir auf den Obersalzberg. Ich fahre diese Nacht noch hinauf. Aber Sie sollen ausschlafen dürfen. Sagen wir also übermorgen. Der Reichsluftmarschall wird für alles sorgen.‹ Sagte es, knöpfte den Ledermantel zu und war weg, und der Kometenschweif von gestiefelten Katern rannte hinter ihm her. Draußen Autotürenknallen und Hackenzusammenschlagen und ›Heil Hitler‹, dann Motorenhusten und kreischende Reifen.
›Sie brauchen sich also nicht zu beeilen‹, rief Göring, und so setzten wir uns wieder und tranken, erst Sekt, dann Bier, dann Schnaps, dann wieder Bier und so weiter bis zum Morgen, und am Morgen waren wir alle zusammen stockbetrunken, und die Diensttuenden des Luftmarschalls mußten uns aus dem einen Hotel ins andere transferieren. Dort verschliefen wir den

ganzen Tag bis zum Abend, bis der Anruf aus Görings Amt kam, daß der Führer uns am nächsten Tag punkt sechzehn Uhr im Berghof zu sehen wünsche. Kaum hatte Gerold aufgelegt, wurden wir von einem großen Personenwagen mit Faltdach abgeholt und fuhren die ganze Nacht durch.

Der erste, der uns auf dem Obersalzberg begrüßte, war Blondi. Blondi, der Schäferhund des Führers. Ich glaube, Eva Braun hat ihm den geschenkt.«

»Ich weiß nicht«, sagte Frühauf. »War sie denn sechsunddreißig schon seine Geliebte?«

»Ich meine, es sei Eva Braun gewesen«, sagte Uta Restelberg. »Wie auch immer, Blondi begrüßte uns. Blondi wurde von allen als Ausbund eines deutschen Schäferhundes gerühmt, aber wenn Sie mich fragen, war er ein alter räudiger Köter. Er hatte wacklige Zähne und konnte nichts mehr bei sich halten. Unablässig machte er überall hin, aber es durfte nicht darüber geredet werden. Blondi hatte also die große Treppe verunreinigt, die vom Vorfahrplatz zu der Terrasse hinauf führte. Eine ganze Treppenstufe hatte er verschmutzt, der Schweinehund. Ich sah es beim Aussteigen und sagte zu Gerold: ›Paß auf! Nicht hineintreten!‹ Aber Gerold hatte Angst, denn der Führer stand auf der obersten Treppenstufe und blickte scharf zu uns herunter.

›Er schätzt es nicht, wenn man etwas Ungehöriges über Blondi sagt‹, flüsterte Gerold an meinem Arm.

›Trotzdem kann kein Mensch von mir verlangen, daß ich da hineintrete, auch er nicht‹, gab ich zurück.

›Du wirst müssen. Er beobachtet uns.‹

›Er soll uns beobachten, solange er will. Ich werde ihm den Gefallen nicht tun.‹

›Und du tust es, sage ich dir!‹ keuchte Gerold zurück. ›Willst du uns ruinieren?‹

›Ich muß in einen Hundedreck treten, damit wir überleben?‹

›Andere tun viel mehr, um zu überleben.‹

Gerold trat mit grimmiger Selbstverleugnung in Blondis Geschäfte, die Augen auf den Führer gerichtet, und wenn ich mir's überlege, so war in seine Selbstverleugnung ein gutes Stück Masochismus verpackt. Er freute sich, in das zu treten, was er verabscheute.«

»Und Sie?«

»Ich tat es nicht. Ich überstieg die Stufe, obwohl ich einen verflixt engen Rock trug. Ich hatte mir sagen lassen, Hitler schätze enge Röcke, die jedoch bis zur Mitte der Waden reichen müßten. Die hintere Naht wäre beinahe geplatzt, aber ich stieg hinüber und kam trockenen Fußes die Treppe hinauf, während Gerold den ganzen Nachmittag lang von seinem rechten Schuh her bestialisch stank. Am nächsten Tag mußten wir neue kaufen gehen. Und sehen Sie, ich glaube, es war meine Weigerung, die mir den Respekt des Führers eintrug, obwohl er, wie überall, auch in Sachen seines Köters keinen Spaß vertrug. Das merkte ich gerade noch rechtzeitig.«

»Wie denn?«

»›Hören Sie, mein Führer, Sie sollten Ihren Blondi einmal zum Zahnarzt schicken‹, sagte ich, als wir oben angekommen waren und er uns die Hand schüttelte. Er bleckte lachend seine weißen Zähne unter der Nasenbürste, und von diesem Augenblick an war ich überzeugt, daß er zumindest oben eine Prothese trug. Giftig falsch zeigte er uns seine Zähne. Ich erschrak und verlor kein Wort mehr über Blondis Zähne und Blondi überhaupt.«

»Sie wurden also von Hitler persönlich empfangen.«

»Wurden wir, jawohl, zuoberst auf der Treppe,

und Göring stand neben ihm, und Goebbels wieselte im Hintergrund herum. Göring sah aus wie der Türsteher eines Spielsalons in Las Vegas, und Goebbels verschwand beinahe unter seiner großen Mütze, die ihm immer über die Augen herunterrutschen wollte. Ich weiß noch, daß mir der Spruch einfiel, der habe Ohren, um zu sehen.«

»Sie waren zum Tee eingeladen.«

»Es gab Hagebuttentee und trockene Biskuits, die man natürlich nicht so hätte nennen dürfen. Warum das Wort Kekse erlaubt war, habe ich nie begriffen. Der Führer redete wie ein Wasserfall, zuerst über Hundezucht, dann über Politik, und schaute mich dabei ununterbrochen an, wandte kein Auge von mir, zog mich mit seinen Wasseraugen vor allen aus, so daß ich mir wie unter einer kalten Dusche vorkam, verlegen wurde und merkte, wie ich rot anlief. Das dauerte, bis es von einer hölzernen Uhr sechs schlug.

›Um sechs Uhr nimmt der deutsche Mensch sein Nachtmahl ein‹, sagte da Hitler und stand auf. Wir folgten ihm von der Veranda ins Wohnzimmer mit den Föhrenholzmöbeln. Der Tisch war für fünf gedeckt, für ihn und für uns und auch für Göring und Goebbels. Oben am Tisch Hitler, rechts ich, links Gerold, neben ihm Goebbels, unten Göring. Der Führer unterhielt sich ausschließlich mit mir, das heißt, er hatte, während er redete, seine Augen nur auf mich gerichtet, ebenso Göring und Goebbels. Erst nach dem Krieg habe ich gelesen, daß die beiden damals krampfhaft eine Frau für Hitler auftreiben wollten.«

»Und die wollten, daß Sie –?«

»Es scheint so. Ob als ernsthafte Möglichkeit oder nur als Versuchskaninchen, weiß ich nicht.«

»Und was wäre aus Ihrem Mann geworden?«

»Ich nehme an, sie hätten von ihm verlangt, daß er sich von mir scheiden lasse. Aber so weit ist es ja nicht gekommen. Es waren da allerlei Gerüchte im Umlauf über die erotischen Vorlieben und Fähigkeiten des Führers. Denen sollte das Maul gestopft werden.

Göring glänzte vor Freude wie eine Speckschwarte und zeigte zum Nachtisch Bilder von seiner Frau und seinen Kindern, und Goebbels grinste die ganze Zeit wie ein enthäuteter Ziegenschädel. Gerold jedoch saß steif auf seinem Stuhl und trank vor Aufregung schon wieder viel zuviel und wurde von Göring dabei kräftig unterstützt.

Es gab Eintopf und Bier für die Gäste, für den

Gastgeber eine zweite Kanne Hagebuttentee. Das Essen begann pünktlich um sechs Uhr. Der Haushalt auf dem Obersalzberg war, wie man wußte, ein Muster an Pünktlichkeit. Um halb acht war Gerold hoffnungslos betrunken. Den dicken Göring hatte es etwas gekostet, meinen Mann so weit zu bringen. Er lallte auch ganz schön dummes Zeug zusammen. Goebbels sah jetzt wie eine lauernde Hyäne aus.

Da sagte der Führer zu ihm: ›Veranlassen Sie, daß die Herren gut nach München kommen.‹ Goebbels stand auf, hinkte zur Tür, riß sie auf und schrie hinaus: ›Die Wagen!‹ Er schrie, obwohl Willy, der eine Art Kammerdiener des Führers war, vor der Tür auf Befehle gewartet hatte. Willy schlug die Hacken zusammen, etwa so wie der Diener in *Dinner for one*, das an jedem Neujahr im Fernsehen kommt. Er rief zwei andere Domestiken, die schon ihre Ledermäntel anhatten. Sie packten meinen bewußtlos besoffenen Gerold und Göring, der auch nicht mehr aufrecht stehen konnte, unter den Armen und schleiften sie hinaus. Goebbels folgte. Ich schaute zu und schluckte dreimal leer und wußte, was es geschlagen hatte.

›Nun sind wir ganz für uns‹, sagte Hitler und

kam mit seinem Gesicht sehr nahe an meines. Sein Gesicht glich den Masken, die wir als Kinder aus Zeitungspapier ausgeschnitten und mit einem Gummiband vor dem Gesicht befestigt hatten. Hellgrau mit viel Druckerschwärze darauf. Ich sah wieder seine Zähne, und ich schwöre heute noch, daß sie waren falsch. Er hatte den eingefallenen Mund eines Zahnlosen, nicht nur den Mund, auch das Profil mit der vorspringenden Nase. Und die Oberlippenfliege war leicht asymmetrisch geschnitten.

›Nun sind wir also ganz allein, wir zwei‹, sagte der Führer. Es klang wie ein Haftbefehl. Und ich, ich weiß nicht durch welche Inspiration, antwortete: ›Sie irren, mein Führer. Das Schicksal des deutschen Volkes und aller Völker Europas ist um uns. Auch das Schicksal meines Volkes.‹ Ich dachte an den Vertrag über die Anerkennung unseres Patents für einen bestimmten Teil von Flugzeugmotoren durch die Regierung des Dritten Reiches.

›Ich selbst bin das Schicksal des deutschen Volkes und aller Völker‹, raunte Hitler und schrie dann plötzlich: ›Aller!‹

Ich hatte schon sagen wollen, daß das Schicksal aber ein Neutrum und er doch ja ein Maskulinum sei, aber ich ließ es vorsichtigerweise bleiben. Und hatte im Lauf der Nacht reichlich Gelegenheit, einzusehen, daß ich mich geirrt hatte. Er war tatsächlich das Schicksal, soweit dieses ein Neutrum ist.«

»Heißt das –?« fragte Frühauf.

»Hören Sie, mein Freund«, sagte Uta Restelberg. »Ich habe Ihnen schon viel zuviel vorgeplaudert. Und ich zähle immer noch auf Ihr Ehrenwort. Nichts davon kommt unter die Leute, verstanden!«

»Ich wüsste nicht, daß ich Ihnen oder sonst jemandem ein solches Versprechen gegeben hätte.«

»Aber jetzt könnten Sie es mir geben, nicht wahr?«

»Sagen wir einmal: bedingt. Sie lagen also, wenn ich das richtig verstanden habe, mit Adolf Hitler im Bett? Das ist ja –«

»Eine Sensation ist das! Weiß ich, weiß ich, mein Freund. Eine Sensation und auch wieder nicht. Darum erzähl ich's Ihnen ja. Sie haben ganz richtig kombiniert. Der Führer und Reichskanzler Adolf Hitler zog mich in sein Bett.«

»Wie ging das vor sich?«

»Haben Sie jemals *Doktor Ludwigs Geschlechtsleben* gelesen, das Buch, das meine Generation

aufgeklärt hat? Also, genau so, wie es dort beschrieben ist, ging es vor sich. Lehrbuchmäßig. Er stand plötzlich auf, nahm mich bei der Hand und führte mich in sein Schlafzimmer.
›Ziehen Sie sich aus‹, flüsterte er heiser wie ein Gehenkter mit dem Strick um den Hals und verschwand. Ich tat, wie mir befohlen war, und legte mich so aufreizend wie möglich auf sein Bett, aus dem mir ein säuerlicher Altmännergeruch entgegenkam.«
»Und dann?«
»Dann kam er herein. Er hatte sich, getreu dem Rezept von Doktor Ludwig, im Badezimmer ausgezogen, an seinen Waden sah ich im Gegenlicht noch die roten Striemen der Sockenhalter. Ein langes Nachthemd trug er, ein graubeiges Nachthemd, das ihm bis zu den spitzen Knien reichte. Bläulichweiße Unterschenkel. Sie leuchteten in der Dunkelheit wie faules Holz. Und Füße, ich sage Ihnen, seine Füße! Die sah ich glücklicherweise erst am folgenden Morgen genauer. Gut, daß er gewöhnlich Stiefel trug. Knotige Zehen und gelbe dicke Nägel, Füße wie die Krallen eines versteinerten Urvogels. Ich liebe ja Füße im allgemeinen nicht. Nackte Füße sind entweder aufs höchste erotisch, so etwas wie ter-

tiäre Geschlechtsteile, oder es sind die absoluten Liebestöter. Aber Hitlers Füße – das waren Mordinstrumente. Die hätten sogar mir die Männerwelt in globo verleiden können. Jedoch, wie gesagt, sah ich sie erst deutlich am folgenden Morgen.«

»Er stieg zu Ihnen ins Bett?«

»Ich hatte die Decke zurückgeschlagen und flüsterte: ›Kommen Sie.‹ Ich fragte mich, ob ich ›mein Führer‹ dranhängen oder ob ich ihn duzen sollte. ›Komm, schlüpf zu mir unter die Decke, Adolf!‹ hätte sehr seltsam geklungen, nicht wahr?

Er kam also mit diesen furchterregenden Knien näher, und sogleich umfing mich der Geruch aus den Laken, nur noch viel stärker. Mir war, als müsse ich mich übergeben. Ich hielt den Atem an und habe dann die ganze Nacht nur die allernötigste Luft eingesogen.«

»Aber Sie haben also mit ihm –«

»Er hätte gern! Er kniete über mir und wollte sich das Nachthemd über den Kopf ziehen. Da packte ich seine Hände und hinderte ihn daran. Ich hätte es nicht ertragen, ihn nackt vor mir zu sehen.«

»Aus Ehrfurcht?«

»Blödsinn! Ich fürchtete den Anblick. Ich hatte genug gesehen. Besser, der Rest blieb bedeckt. Er war wenig später auch froh, daß seine Blöße bedeckt war. Denn er gab sich eine Blöße, und was für eine.«

»Es war nichts los, und es ist nicht dazu gekommen?«

»Zu gar nichts ist es gekommen. Zwar versuchte er es, die Nacht hindurch, ein übers andere Mal. Erfolglos. Das hing wie eine arme schimmlige vorjährige Schwarzwurzel an ihm herunter, und wie er befahl und befahl – es lachte nur seiner, des Führers und Reichskanzlers. Er wütete, er stieg aus dem Bett und stampfte auf den Boden, kreischte schäumend und blickte erwartungsvoll an sich hinunter. Ohne Ergebnis.
Da warf er sich mit einemmal auf mich und wollte mir seine falschen Zähne in die Gurgel schlagen. ›Ich trinke dein Blut!‹ keuchte er. Aber ich hatte ihn so fest zwischen meinen Schenkeln und preßte so stark, daß ihm die Luft wegblieb und die Kraft aus den Armen rann. Er begann zu schluchzen, steckte den Kopf in das Daunenkissen und weinte wie ein Kind. Ich ließ ihn los, er kugelte sich auf dem Bettvorleger zusammen, zog die Knie an und den Saum des Nachthemds

darüber, daß es aussah wie ein Einmannzelt, und tat, als schlafe er.
›Sie werden sich erkälten‹, sagte ich.
›Schweig, Weib‹, kam es von unten herauf. So schwieg ich und schlief, bis am Morgen die Sonne mich an der Nase kitzelte. Ich schaute mich um. Der Führer lag nicht mehr vor dem Bett, aber im Badezimmer rauschte Wasser. Der Reichskanzler stand unter der Dusche. Sollte ich hinübergehen und zu ihm unter den Wasserstrahl treten? Ich überlegte, ob es klug sei und unserer Firma und unserem Land nützen könnte, und dachte schon, es sei ein Fehler gewesen, ihn über die sexuelle Flanke erobern zu wollen, jetzt hätten wir uns bei ihm verhaßt gemacht. Da hörte ich Stimmen hinter einer Tür. Befehlston, vermischt mit aufgeregtem Geflüster.
Ich stand auf und ging – nackt, wie ich war – zu der Tür hin. Sie war nur angelehnt. Ich stieß sie einen Spalt weit auf. Im Zimmer nebenan – was heißt Zimmer, ein Saal war es, ein richtiger großer Saal, sicher viermal so groß wie mein Salon hier, und das ist ja gewiß kein Hühnerhaus. Dort stellten sie sich auf.
›Machen wir doch mal ’ne ordentliche Reihe, Kameraden Feldmarschälle und Generäle!‹

Ich glaube, Keitel war es, der das rief. Fehlten zu den Kindergartenschülern nur die Täschchen fürs Pausenbrot. Riemen trugen sie ja schon über der Schulter, und Pumphosen auch, die Herrschaften.

Als der Führer aus dem Badezimmer kam, drehte ich mich kurz um. Er trug nur die graue lange Unterhose. Sie war an den Knien ausgebeult und hinten über dem erschlafften Altmännergesäß mit zwei Bändern zusammengezogen. Seit Beginn des Krieges, sagten die einen, die andern, seit man bei einem Massenaufmarsch, als der Führer auf der Tribüne saß, den Schimmer seiner Unterhose über dem Rand der Socken gesehen habe, trug er keine weißen mehr, sondern nur noch die grauen der Landser.

Sie wissen, wie aufregend es ist, wenn Ballettänzer enge Stretchhosen tragen. Aber am Führer flatterte alles, und wo es bei den Ballettänzern vorn etwas zu sehen gibt, war bei ihm lauter Leere. Der Wind hätte durchblasen können, vorn rein, hinten raus, so, als bewege er Vorhänge am offenen Fenster eines verlassenen Hauses.

Seine Schultern fielen vornüber, ich konnte seine Rippen zählen, und als er lachte, machte sein

häßlich verknoteter Nabel Seilhüpfen zwischen zwei waagrechten Bauchrunzeln. Den trotz der Prothesen zahnlos wirkenden Mund weit aufgerissen, tat er so, als käme er auf den weißblauen Füßen mit den gelben Krallennägeln lautlos zu mir geschlichen, und dann knallte er mir mit schreiendem Gelächter seine Greisenhand auf die Hinterbacken. Ich gab keinen Laut von mir, aber die Marschälle und Generäle drüben schlugen beim Gekreisch des Führers die Stiefelabsätze zusammen.
Ich wollte Hitler einen freundschaftlichen Klaps auf die Wange geben, aber er wandte sich ab und verschwand wieder im Badezimmer, und ehe ich mich versah, stand er, zugeknöpft bis unters Kinn, vor mir und hatte auch schon den Koppel umgelegt. Ich hatte keine Zeit zu verlieren –«
Uta Restelberg hielt kurz inne und sagte dann triumphierend:
»Eine halbe Stunde später wurde ich nach München zurückgefahren. Dort wartete mein Mann und hatte nur Augen für Hitlers abwärts laufende Unterschrift auf dem Papier.«

Frühauf konnte das Interview mit Uta Restelberg einer großen Zeitung zu einem anständigen

Preis verkaufen. Er schrieb nur von dem, was Uta Restelberg über das Sechseläuten und über die Aufgaben der Zünftersfrauen an diesem Tag gesagt hatte. Als Bruno ihn daraufhin ansprach, hätte Frühauf ihm beinahe eine Provision angeboten. Bis vor einem Monat hätte Bruno selbst mit hungrigen Augen darum herumgeredet. Jetzt aber wäre der Vorschlag schon fast eine Beleidigung für ihn gewesen. Deshalb ließ es Frühauf bleiben und behielt das Honorar für sich.

3
Sechseläutenmorgen

Frühauf wurde von einem höllischen Lärm geweckt. Welcher Flegel schmiß schon wieder mitten in der Nacht leere Flaschen in den Container? Seit einem Beamtengehirn die Erleuchtung gekommen war, die Glassammelstelle für die halbe Altstadt von einem einsamen Parkplatz mitten zwischen die Häuser eines Hinterhofs zu verlegen, war es mit Frühaufs verschlafenen Vormittagen vorbei.

Er hatte beim Gesundheitsamt protestiert; doch der Mensch am Telefon hatte lachend zurückgegeben: »Ihr Name ist doch Frühauf!« Wie ihm diese Anspielungen auf die Nerven gingen! »Und vergessen Sie nicht, Herr Frühauf, Sie wohnen in einem Vergnügungsviertel. Da müssen Sie ein bißchen Lärm schon in Kauf nehmen. Alles kann man ja nicht haben, oder?«

Frühauf fragte sich, was die allmorgendliche

Glasbruchmusik mit dem Vergnügungviertel zu tun hatte. Mußte, wer nachts den Radau der Betrunkenen vor dem Haus hatte, am Morgen früh auch noch das Scherbengericht der Flaschen über sich ergehen lassen? Er würde doch noch eine Glosse darüber schreiben!
Frühauf drehte sich auf seiner Matratze vom Fenster weg. Er war zu faul, aufzustehen und es zu schließen. Aber: Das waren doch keine Flaschen! Wenn keine Flaschen, was dann? Er sprang auf und riß den Vorhang zurück. Greller, stechender Sonnenschein, meldeten die Netzhäute. Erschrocken fielen die Augendeckel darüber und wurden nur vorsichtig wieder hochgezogen. Blauer Himmel. Das harte, geschäftliche, geheimnislose Blau des Zürcher Wappens und als schwarzer Scherenschnitt davor, breitbeinig auf der Zinne des Nachbarhauses stehend, Charly, Sohn des Hauswarts, Tambour in der Knabenmusik der Stadt Zürich. Charly drosch an diesem himmelblauen Vormittag mit zwei scharfen Klöppeln auf das gespannte Fell seiner blauweißen Trommeltonne und pfiff dazu. Sechseläutenmarsch, reimte sich Frühauf zusammen. Heute war Montag, der dritte Montag im April. Sechseläuten. Charly trommelte das Sechseläuten ein.

Das Geläute der Morgenglocken von den Türmen der Altstadtkirchen um sieben Uhr hatte Frühauf ebensowenig geweckt wie das Rauschen in den Rohren, wenn Bruno in der Etage unter ihm duschte. Frühauf war erst spät nach Mitternacht nach Hause gekommen, stockböse, weil Bella ihm nicht geöffnet hatte. Er wußte, daß sie ihn gehört hatte. Um halb drei schlief sie noch nicht, wenn sie um zwei Uhr das Lokal schloß. Und wer sollte es um diese Zeit anderes sein als er? Trotzdem hatte sie getan, als sei sie schon über alle sieben Berge, ein Schneewittchen, das bis zum Morgen nicht mehr erwachte, selbst, wenn es sieben Zwerge in seinem eigenen Bett davontrügen.

Er wäre gern zu ihr in die Wohnung hinaufgegangen, hätte gern noch einen Schluck mit ihr getrunken und wäre dann mit ihr unter die Decke geschlüpft. Er hatte seinen Arm unter ihren Nacken legen, sie an sich ziehen und neben ihr einschlafen wollen. Aber sie hatte die Spröde gespielt und nicht geöffnet, obwohl sie im Wohnzimmer noch Licht hatte. Seitdem Frühauf festgestellt zu haben glaubte, daß Frauenfelder, Chef der städtischen Kriminalpolizei, mehr als nötig in Bella's Bar verkehrte, und er hinzugekommen war, als Frauenfelder Bella gerade die Hand küßte und Bella laut lachte und, sobald sie Frühauf bemerkte, über und über rot anlief, seither wollte es Frühauf jedesmal vor Eifersucht zerreißen, wenn er vor Bellas verschlossener Tür stand.

So ist sie nicht. Sie macht sich nur rar, beruhigte er sich selbst. Aber sein Hirn behauptete, es könne Ungesehenes fotografieren, und wollte ihm unbedingt Beweisstücke vorführen. Frühauf war über die Gasse in seine Wohnung geeilt und hatte im zweiten Stock einen Augenblick gezögert, ob er noch bei Bruno anklopfen solle. Er hatte es gelassen, hatte bei sich oben noch allerhand durcheinander in seine einsame Wut hineingetrunken und war dann auf seine Matratze gesunken und sofort eingeschlafen.

Wie konnte er vergessen, daß heute Sechseläuten war! Gestern, am Sonntag, war er den ganzen Nachmittag auf den Beinen gewesen und hatte am Kinderumzug Bilder über Bilder geschossen, immer auf der Suche nach etwas, was sich gewinnbringend verkaufen ließ. Aber außer der verrutschten Rokokoperücke der Enkelin eines Stadtrats hatte er nichts Bemerkenswertes gefunden, und auch das war nicht bemerkenswert. Trotzdem hatte Frühauf in seinem Zorn über Bella während der Durcheinandertrinkerei einen kleinen Bericht getippt und an drei Provinzblätter gefaxt, die mehr oder weniger zu seiner regelmäßigen Kundschaft gehörten.

Frühauf stieg über die Notizen, aufgeschlagenen Büchern, Zeitschriften und Zeitungsausschnitte hinweg, die sein Bett umlagerten. Er setzte in der Küche das Teewasser auf, seine erste Handlung jeden Morgen. Nachdem er vom WC zurückgekommen war, schmiß er die dürren Blätter hinein. Pfefferminze, weil er vor Jahren gelesen hatte, Pfefferminztee vertreibe den morgendlichen Mundgeruch. »Hier riecht's schlecht. Hast du faule Zähne?« hatte Bella eines Tages gefragt. Seither gehörte Pfefferminzteekochen zu seinem morgendlichen Ritual.

War das Kraut im Topf, mußte es eine Weile ziehen, lang genug, um die Zeitungen zu holen, die Charly gegen reichliches Trinkgeld jeden Morgen auf die Fußmatte vor Frühaufs Wohnungstür legte. Auf halbem Weg fiel ihm wieder ein, daß heute Sechseläuten war. Sechseläuten ist ein Feiertag, dachte er, noch immer nicht ganz wach. Und an einem Feiertag gibt es keine Zeitungen.

Da er nichts zu lesen hatte, schaute Frühauf dem Karussell der Pfefferminzblätter im heißer werdenden Wasser zu. Als es so sprudelte, daß er vor Wirbeln und Blasen den Boden nicht mehr erkennen konnte, füllte er die Henkeltasse mit der blaustilisierten Strichzeichnung der Kirche Enge darauf. Er hatte sie als Kind bei einer Sonntagschulweihnacht geschenkt bekommen. Bei jener Sonntagschulweihnacht hatte er den König Kaspar gespielt, das Gesicht schwarz angemalt, eine riesige goldrotgrüne Krone aus Folie und Vorhangstoff auf dem Kopf, ein goldenes Szepter in der Hand und das Herz randvoll Angst, er vergesse einen seiner sieben Verse, die er hatte auswendig lernen müssen und die er an das Christkind in der Krippe richten sollte. Es wäre eine zu große Schande gewesen.
Mit der Henkeltasse in der Hand und ohne Zeitungen – nicht einmal eine Sonntagszeitung gab es ja heute, am Montag – suchte sich Frühauf seinen Weg durch den intellektuellen *cordon sanitaire* zu seiner Matratze zurück. In der Nacht war hier einiges durcheinander geraten, Aktuelles untergepflügt und Altes, Vergessenes von weit unten an die Oberfläche gespült worden. Er mußte sich an die neuen, befremdlichen Aktua-

litätsperspektiven erst gewöhnen. Die Dinge ins alte Lot bringen? Er hätte nicht gewußt, wie, und wenn Frühauf irgendwo Fatalist war, dann in Fragen der Ordnung.

Drüben auf der Zinne fing Charly von neuem an zu trommeln. Der Tee war viel zu lange viel zu heiß; es fehlte die Ablenkung durch das frischgedruckte Wort. Gewöhnlich las Frühauf drei abonnierte Zeitungen, Tages-Anzeiger, Enzetzet und Efazet, und trank, ohne ihm besondere Beachtung zu schenken, seinen Pfefferminztee. Dann legte er sich noch einmal flach, ehe er verzögert dem Imperativ seines Namens Folge leistete. Unter den Wasserstrahl, angezogen und dann, die Zeitungen für die zweite Lektüre gebündelt, die acht schmalen, hinterlistig ungleichmäßigen Treppenabsätze hinunter und über die Gasse in Bella's Bar zum zweiten, dem eigentlichen, ausgiebigen und den Vormittag wie einen Brückenbogen überspannenden Frühstück. Gutgereifter Brie, Weißbrot dazu (»Warum Weißbrot? Wissen Sie nicht, daß das ungesund ist? Nehmen Sie Schwarzbrot, dunkles, schmackhaftes Schwarzbrot und nicht dieses schädliche, nach nichts schmeckende Zeug, das die Pariser der ganzen Welt aufschwatzen wollen«, hatte

Frühaufs Arzt gemahnt, als er bei der letzten Konsultation seine Cholesterinwerte gemessen und für alarmierend hoch befunden hatte.) und einen Dreier Weißwein. Das Weißbrot war das Stabilste in dieser vormittäglichen Dreieinigkeit. Es war von Anfang an die Basis gewesen. Nicht, weil es das Wichtigste, sondern weil es das Unwichtigste war. Aber Frühauf neigte dazu, eine Weltanschauung aus dieser Nebensache zu machen, sobald sie in Frage gestellt wurde. Der Brie war das Zweitälteste. Früher war es einmal überreifer Camembert gewesen, aber eines Tages war Bella der Camembert ausgegangen und nur noch Brie vorrätig gewesen. So war der Camembert durch den Brie ersetzt worden, und von da an galt Camembert, sofern er überreif war, bestenfalls noch als schaler Ersatz für einen cremigen, durchgereiften Brie. Dazu Weißwein. Wenn etwas mit einem durch die Lebensalter wandert, sich zum Bessern ändert und reift, dann ist es der Wein. Mit einem Genferseewein hatte Frühauf vor Jahrzehnten begonnen, über Franzosen und Kalifornier, Rosé aus dem Wallis und Schiller aus dem Bündner Rheintal war er bei einem provinziellen Riesling Sylvaner aus Truttikon im Osten des Kantons Zürich gelandet, er, der früher immer gespottet hatte, Riesling Sylvaner sei der Diesel unter den weißen Weinen – bis er diese goldene Spätlese getrunken hatte. Seither trank Frühauf Spätlese zum zweiten Frühstück, täglich drei Deziliter.

Er trank mit gutem Gewissen. Das war nicht immer so gewesen. Aber nachdem einer seiner unzähligen Interviewpartner, ein Arzt, versichert hatte, drei Deziliter Wein täglich seien nicht schädlich, sondern im Gegenteil gesundheitsfördernd, da die Feuerwehrschläuche der Blutbahnen durch den Wein elastisch gehalten würden, genoß Frühauf seine drei Deziliter Weißen zum Frühstück erst recht. Der Arzt hatte freilich Rotwein gemeint, wegen des Tannins, und Weißen ausdrücklich ausgeschlossen, aber Wein war Wein, und nach dem Frühstück im Lauf des Tages noch drei Deziliter Roten zu trinken, fiel Frühauf nicht schwer, schwerer, es beim ärztlich legitimierten Quantum bewenden zu lassen. Darüber jedoch machte er sich in der Mitte des Vormittags noch keine Sorgen, um so weniger, als Bella unerbittlich darüber wachte und die Spätlese des Riesling Sylvaners aus dem östlichsten Zipfel des Zürcher Weinlandes peinlich genau bemaß.

Frühauf duschte, zog sich an und öffnete die Wohnungstür, um zum zweiten Frühstück in Bella's Bar zu gehen. Auf der Fußmatte lagen säuberlich auf einem Stapel die drei Zeitungen, von Charly heraufgebracht, ehe er zu trommeln begonnen hatte, und lauerten darauf, daß er über sie stolpere. Jedes Jahr war es das gleiche. »Heute ist Sechseläuten, da kommen keine Zeitungen«, sagte er noch im Bett warnend zu sich, um nicht ins Leere zu laufen. Und jedes Jahr unterschätzte er leichtfertig den zürcherisch puritanischen Geschäftssinn, der dem Sechseläuten nur einen halben Feiertag einräumt. Sonntag und Montag keine Zeitung, das funktioniert an Ostern und Pfingsten, wenn alle Welt es so hält. Aber am Sechseläuten und nur in Zürich? Da würden am Dienstag die Blätter ja aus den Nähten platzen.

Leicht beleidigt über sich selbst, die Zeitungen unter den Arm geklemmt, trat Frühauf aus dem Haus und lief zwei Kostümierten über den Weg. Der eine, in Frack und Zylinder eines behäbigen Biedermeierbourgeois, war der Rektor der Universität, der andere, in Hemdsärmeln, bodenlanger Lederschürze und schwarzer Zipfelmütze, ein Schmidenzünfter, der Pfarrer am St. Peter.

»Schönes Sechseläuten!« rief Frühauf noch ein bißchen heiser.
»Schönes Sechseläuten!« riefen die beiden hellwach zurück.
Aus einer der Gassen weiter unten flogen Fetzen des Sechseläutenmarsches herüber, eine Zunftmusik marschierte zu ihrem Zunfthaus.
»Schönes Sechseläuten«, sagte Frühauf, als der Vizedirektor der Zentralbibliothek in Begleitung eines Herrn von der Gesellschaft zur Constaffel daherkam, der einzigen Zunft Zürichs, die keine ist, sondern eine Gesellschaft, weil der Bürgermeister Rudolf Brun 1336 den Adel in ihr zusammenfaßte. Der Bibliothekswissenschaftler war in schwarzem Zivil, ein sogenannter Pinguin, ein geladener Gast, während der Herr Constaffler in seinen kurzen roten Hosen und langen schwarzen Strümpfen mit grauen Schnabelschuhen aussah wie ein exotischer Storch.
Und »Schönes Sechseläuten« gab Frühauf auf ebendiese Worte zurück, ihm zugerufen vom Kaminfegermeister Hanselmann, der dem Aussehen nach zur Zunft Hard gehörte.
Mitten auf der Kreuzung zweier Gassen war eine Gruppe Touristen um Walter Baumann versammelt, einen Experten der Stadtgeschichte und

spannenden Erzähler. Frühauf kannte ihn gut, blieb stehen und hörte seinem Vortrag zu:
»Sechsundzwanzig Zünfte gibt es in Zürich, zwölf, das heißt genau genommen elf und die Gesellschaft zur Constaffel, gehen auf das Jahr 1336 zurück. Die anderen, die neueren Zünfte, sind eine Art Quartiervereine, gebildet in den vergangenen hundert Jahren, als die selbständigen Gemeinden rund um Zürich der Stadt einverleibt wurden. Es gibt die vornehmeren Zünfte wie die Meise mit ihrem spätbarocken Palais neben dem Fraumünster an der Limmat oder die Waag, deren blaugelb geschmücktes altes Zunfthaus am Münsterhof steht und auf deren Zunftgeschirr in zürichblauer Schnörkelschrift »Freut euch des Lebens« zu lesen ist. Der Zunft zur Schmiden gehört seit 1412 das Haus zum goldenen Horn, in dessen Treppenhaus eine Tafel an die Zünfter erinnert, die 1531 in der Schlacht von Kappel am Albis gegen die katholischen Innerschweizer gefallen sind. Dann gibt es die Zünfte, die bewußt den handwerklichen Mittelstand pflegen, und die neuen Zünfte, und als Faustregel gilt, daß sich eine Zunft um so traditionsbewußter aufführt, je jünger sie ist.
Eine Zunft wird von der Vorsteherschaft gelei-

tet«, fuhr Baumann fort, »deren Vorsitzender der Zunftmeister ist. Dieser wird mit ›Hochgeachteter Herr Zunftmeister‹ angeredet. Der Zunftmeister der Constaffel heißt übrigens nicht Zunftmeister, da die Constaffel ja keine Zunft ist, sondern Constaffelherr. Und die Zünfte nennen sich, sei es grammatikalisch richtig oder falsch, nicht ›zu den Schneidern‹ oder ›zu Zimmerleuten‹, auch nicht wie im nahe der deutschen Grenze liegenden Schaffhausen ›zun Schneidern‹ etcetera, sondern ›zur Schneidern‹ und ›zur Zimmerleuten‹, ›zur Schiffleuten‹ und ›zur Schmiden‹.«

»Schönes Sechseläuten«, rief Frühauf über die Köpfe der Touristen zu Walter Baumann hinüber. Der winkte und rief »Schönes Sechseläuten« zurück.

»Schönes Sechseläuten«, rief Frühauf auch, als er bei Bella eintrat.

»Schönes Sechseläuten!« kam ein mehrstimmiges Echo aus dem dämmrigen Hintergrund zurück. Dort stand der runde Tisch, den Bella immer, mit Ausnahme von Samstag und Sonntag, für die Mitglieder des Obergerichts freihielt und gegen jede fremde Okkupation verteidigte. Sie kamen gern in Sitzungspausen, über Mittag und am Abend, bevor sie nach Hause fuhren, aus dem nahe gelegenen, ehemaligen Franziskanerkloster über den Gewölben der Staatskellerei zu Bella herüber, tranken ein Glas Wein und aßen eine Kleinigkeit. Heute saßen sie nicht wie sonst in mausgrauen Anzügen oder silbernen Nadelstreifen auf Dunkelblau am Tisch, sondern verwegen bunt und ihrer richterlichen Würde nicht ganz entsprechend, jeder in einem anderen Kostüm einer anderen Zunft. Es gab einen Schmied in Hemdsärmeln, einen mittelalterlich herausgeputzten Constaffler mit dem roten Rüden auf der Brust, einen von der Stube zur Saffran mit lockiger Wollperücke, der angestrengt an einer weißen Gipspfeife sog. Weiter war da ein Kämbler mit angeklebtem Bart, braun gefärbtem Gesicht und in den wallenden, buntscheckigen Tüchern eines arabischen Scheichs oder Kamelführers. Die feingefältelten Pluderhosen eines Riesbächlers saßen neben dem Talar eines Mitglieds der Gesellschaft zum schwarzen Garten, die innerhalb der Schmidenzunft früher Ärzte und andere Naturwissenschaftler versammelt hatte. Die meisten der Herren hatten ihre frechen Dreispitze, bescheidenen Zipfelmützen, lächerlichen Barette, bäurisch derben Schlapphüte auf die Stühle und

Tische in der Nachbarschaft gelegt. Vor ihnen standen ein paar Flaschen Weißwein, es war sein Riesling Sylvaner. Die Richter aßen weißes Brot und was dazu? Seinen gutgereiften Brie, von dem aber, wie er erleichtert feststellte, ein langgezogenes Dreieck neben Brot und Wein schon auf ihn wartete und langsam wie eine Schnecke aus der Form lief.

Bella hantierte in der Küche aufdringlich laut mit Geschirr und tat so, als höre sie ihn nicht kommen. Er schlich hinter ihrem Rücken zu ihr hin, legte die Hände unter ihren Busen und küsste sie auf den Nacken. Sie mimte die Erschreckte, lehnte sich nicht wie sonst an ihn und gab ihm schon gar keinen Kuß, nicht aus Rücksicht auf das vielfarbige Richterkollegium. So war Bella, die ihn einen Tag küßte, den anderen nicht, die ihn gestern ausgesperrt hatte und ihn übermorgen ohne Erklärung und, ohne daß er gierig bitten mußte, wie selbstverständlich zu sich ins Schlafzimmer ließ.

»Schönes Sechseläuten«, wiederholte Frühauf.

»Schönes Sechseläuten«, gab sie zur Antwort, aber da schwang etwas mit, das Frühauf nicht gefiel.

»Wo warst du heute nacht?«

»Wo soll ich gewesen sein? Warum?«

»Du hast nicht geöffnet. Dabei hattest du Licht.«

»Ich schlafe häufig bei Licht ein, das weißt du. Und wenn einer um halb vier bei mir läutet, dann öffne ich nicht, und wenn ich es hören würde.«

Sie hatte ihn also gehört. »Mir auch nicht? Es war halb drei.«

»Auch dir nicht. Keine Ausnahmen. Ich muß arbeiten. Ich brauche meinen Schlaf. Und überhaupt hättest du es auch sonst nicht verdient.«

»Was soll das heißen?«

»Was hast du mit Joelle Edlibach?«

»Mit wem? Kenne ich nicht.«

»Das behauptet jeder Mörder. Geh, frag die Henkersrunde dort vorn. Was also ist mit ihr?«

»Ich weiß nicht, wer das ist!«

Er wußte es wirklich nicht, hatte den Namen nie gehört.

»Sie sagt, sie sei eine alte Bekannte von dir. Und du hast mir nie von ihr erzählt.«

»Ich schwör dir – wie sieht sie denn aus?«

»Weiß ich nicht. Sie hat angerufen.«

»Wann?«

»Gestern abend. Suchte dich, aber du warst ja unabkömmlich unterwegs.«

»Wie kommt sie auf dich?«

»Siehst du! Du verheimlichst mir etwas. Es ist dir unangenehm, daß sie mich angerufen hat. Du mußt wieder einmal deinen Anrufbeantworter abhören, mein Lieber. Da ist immer noch die Nummer einer gewissen Bella in einer gewissen Bar auf der andern Straßenseite drauf, für alle Fälle. Hast du das vergessen?«
»Was wollte diese Joelle?«
»Dich sehen. Macht Station auf dem Flug von, ich weiß nicht, irgendwo in Afrika nach Genf. Und will dich unbedingt sehen. Wer ist sie, und was will sie von dir?«
»Das frage ich dich!«
»Du willst mir nicht weismachen –«
»Doch, will ich. Ich hab keine Ahnung!«
Frühauf war froh, daß er noch nicht von dem Weißen getrunken hatte. Der Wein hätte womöglich wie das Benzin gewirkt, das die städtischen Arbeiter heute abend kurz vor sechs Uhr auf dem Sechseläutenplatz an den Reisighaufen schütteten, bevor sie ihn anzündeten.
Mißmutig ging er nach vorn und setzte sich an die Theke hinter sein Frühstück, so daß er zwar Bella und den Oberrichtern, aber nicht dem großen Fenster auf die Gasse hinaus den Rücken zukehrte. Er breitete den Tages-Anzei-

ger wie ein Tischtuch vor sich aus und las beim Essen. Ob er wollte oder nicht, wurde er Zuhörer der Diskussion am Richtertisch. Sie drehte sich um das Urteil, das ein ländliches Bezirksgericht in der letzten Woche über einen Treuhänder gefällt hatte, der seinen Kunden traumhaft hohe Zinsen für ihre Anlagen versprochen hatte.

»Die Leute sind selbst schuld«, sagte der eine Oberrichter. »So naiv darf man einfach nicht sein.«

»Du mußt aber zugeben, daß die heutigen Finanzgeschäfte auch für einen durchschnittlich intelligenten Zeitgenossen schwierig geworden sind und daß er sich auf das Wort des Fachmanns verlassen können muß«, widersprach ein anderer.

»Geschäft ist Geschäft, und jedes Geschäft hat immer eine betrügerische Seite, das wollen wir nur nicht wahrhaben«, brummte ein Dritter, worauf ein heftiger wirtschaftsphilosophischer Disput ausbrach, den ein alter Herr in der schneeweißen Kluft der Zunft zum Weggen mit der Bemerkung schloß, alles habe mit der Zinswirtschaft begonnen, und die Kirche habe schon gewußt, warum sie das Zinsennehmen erst ver-

boten und dann immerhin stark eingeschränkt habe.
Das Kollegium vermochte sich nicht zu einem einheitlichen Spruch durchzuringen. Frühauf sah die Runde bunt verzerrt vor sich, gespiegelt in der großen Fensterscheibe. Jetzt kam die Rede auf das Thema Geld und Zunftzugehörigkeit, und man einigte sich gerade, daß es sich um einen sehr komplexen Gegenstand handle, der heute sicher nicht zu Ende besprochen werden könne, als einer der Oberrichter rief: »Schaut her, da geht der Restelberg.«
»Welcher?«
»Gerold junior. Ist anscheinend wieder einmal im Land.«
»Und wer ist der neben ihm?«
»Sein Sohn aus erster Ehe.«
»Hat er nicht –«
»Doch doch, noch einen aus zweiter, aber der ist zu klein.«
»Was ist mit diesem Restelberg?« fragte ein junger Oberrichter in einem Dialekt, der nicht aus der Stadt war.
»Wurde von der Mutter ausgebootet.«
»Richtigerweise, wenn du mich fragst. Der war eine Gefahr für die Firma.«

»Davon bin ich nicht überzeugt. Die alte Restelberg läßt niemanden neben sich hochkommen, nicht einmal den eigenen Sohn.«

»Was macht er jetzt?«

»Lebt in Amerika, und seine zweite Frau, die Amerikanerin ist, lebt hier. Komplizierte Verhältnisse.«

»Aber heute hat er Sehnsucht nach dem Sechseläuten.«

Frühauf sah den beiden nach, wie sie nebeneinander die Gasse hinuntergingen, Gerold Restelberg junior, der Vater, Uta Restelbergs Sohn, und Gerold Restelberg, der Sohn, Utas Enkel, beide im gleichen Gewand ihrer Zunft.

Da es schon nach zehn Uhr war, brach die Richterrunde auf. Die Herren suchten ihre Säbel, Metzgerbeile, Schmiedehämmer, Zylinder, arabischen Kopftücher und Bauernhüte aus dem Knonaueramt zusammen. Bella trat aus der Küche.

»Kommt alles auf die Monatsrechnung«, sagte einer der Herren.

»Schönes Sechseläuten«, wünschte Bella. Einer nach dem andern küßte sie links und rechts auf die Wange.

»Schönes Sechseläuten, schönes Sechseläuten.«

»Schönes Sechseläuten«, wünschte jeder, als sie

im Gänsemarsch wie die sieben Zwerge an Frühauf vorbeizogen, und »Also dann, schönes Sechseläuten«, rief der letzte, der Kämblerbeduine, bevor er die Tür hinter sich schloß.

4
Mittagessen auf der Zunftstube

In immer größeren Gruppen zogen die Zünfter auf der Gasse jetzt ihren Häusern zu. Um elf begann auf den Stuben das Mittagessen. Die meisten Zunfthäuser waren im alten Stadtzentrum, und die Zünfte, die ihr Lokal weiter draußen hatten, belegten am Sechseläuten einen Saal in der Innenstadt.

Frühauf schaute, Käse, Brot und Weißwein genießend, von der Zeitungslektüre auf und durch den locker gewebten Vorhang hinaus und sah die als Händler, Fischer, Zimmerleute, Schneider, Soldaten, Offiziere, Mönche und Bauern verkleideten Männer – Bankiers, Handwerker, Industrielle, Professoren, Kaufleute, Ärzte, Advokaten, Werber, Pfarrer, Mittelschullehrer und was es sonst noch gab – auf ihre Stuben eilen und hörte sie einander »Schönes Sechseläuten« zurufen. Um elf würde man sich nach der vom Stubenmeister aufgestellten Ordnung setzen. Es würde eng werden auf der Stube, so eng, daß man sich beim Essen mit den Ellbogen anstieß, weil viele der Zünfter ans Sechseläuten kamen, dazu Ehrengäste und Gäste. Lautes Gerede würde die Stube bis zur Decke füllen, bevor der Stubenmeister Ruhe verlangte und die Leute auf der Stube begrüßte. Dann würden sie zu essen anfangen, die Schneider, die Gerber und Schuhmacher, die Waagzünfter und die auf der Meisen, die Frühauf jetzt alle noch auf der Gasse sah, immer schneller laufend, weil die Uhrzeiger am St. Peterturm auf elf zu rutschten.

Inmitten dieser farbigen Kostümträger und schwarzweißen Pinguine sah Frühauf von seinem Fensterplatz aus Stelze hinken, Stelze, den Stadtstreicher, der die Leute anrempelte und »Hast du zwei Franken, damit ich etwas essen kann?« fragte und ausfällig wurde, wenn er nichts bekam. Stelze, der oft schon am Morgen torkelte wie ein schiefgeladenes Fuder. Frühauf kannte ihn seit langem, und solange er ihn kannte, hinkte Stelze und ging an zwei Krücken. Böse Zungen behaupteten, die Krücken seien gut fürs Geschäft.

Stelze hinkte also an seinen Krücken von links

nach rechts zwischen Zünftern und Constafflern und Blasmusikmitgliedern und Zünftersfrauen, die Blumensträuße gekauft hatten, und ersten Schaulustigen und Leuten, die mit dem Sechseläuten null und nichts zu tun hatten, durch Frühaufs tüllverhangenes Gesichtsfeld und trug ein längliches braunes Futteral an einem Riemen quer über den Rücken.

»Schau an, Stelze will am Sechseläuten angeln gehen«, sagte Frühauf zu Bella, die neben ihm an die Theke lehnte und zum Zeichen eines unausgeprochenen Waffenstillstands einen großen Schluck aus seinem Weißweinglas nahm.

»Er war gestern hier«, sagte sie.

»Stelze? Hat ihn einer frei gehalten?«

»Er hatte Geld. Und bezahlte.«

»Was an ein Wunder grenzt«, sagte Frühauf.

Sie kuschelte sich an ihn.

»Sag ihr, ich bringe sie um, wenn sie versucht, dich mir zu stehlen.«

»Wer?«

»Deine Joelle Edlibach, diese Hexe.«

Mit dem Elfuhrschlag vom Turm der nahen Predigerkirche war das Durcheinander der Kostüme, Zeiten und Klassen auf der Gasse weggefegt und Ordnung hergestellt. Mittelalter saß wieder bei Mittelalter, Bauer neben Bauer und der Adel unter sich, barocke Perücken sprachen nach alten Mustern gedrechselte Worte zu barocken Perücken, und Biedermeier verspeiste in Gesellschaft von Biedermeier das geräucherte Forellenfilet als ersten Gang. Draußen war gähnende Leere, nicht einmal Nichtzünfter zeigten sich mehr.

»Magst du etwas essen?« fragte Bella Frühauf, der eben den Rest des Weißbrots in den Mund gesteckt hatte.

Er wäre bitter enttäuscht gewesen, wenn sie nicht gefragt hätte. Unter der stillschweigenden Voraussetzung, daß das zweite Frühstück heute nur der Auftakt zum Mittagessen sei, war er herübergekommen. Zur Feier des Tages. Beinahe hätte das Gift von Bellas Eifersucht die Feier umgebracht.

»Ich hab ein wenig Lachs, und dann ein Tournedos. Holst du den Wein?« Wenn er den Wein holen durfte, war es eine besondere Auszeichnung, kam schon fast einem Heiratsantrag nahe.

Frühauf nahm den langbärtigen Schlüssel vom Haken an der Küchentür und stieg in den Keller. Bella's Bar war kein ausgesprochenes Weinlokal,

und eine herausragende Weinkennerin war Bella nicht. Aber im Keller, bei dessen Zusammensetzung Frühauf mit keinem Wort gefragt wurde und zu dem er gewöhnlich auch keinen Zutritt hatte, lagerte einiges, was keinesfalls zu verachten war. Und er wußte, daß Bella nicht im Sinn hatte, sich lumpen zu lassen, wenn sie ihn ausnahmsweise hinunterschickte. Er hatte freie Hand.
Er blieb für den Lachs beim Weißen aus dem Zürcher Weinland. Zum Tournedos hob er vorsichtig einen zwanzigjährigen Bordeaux aus einer abgelegenen Ecke des Gestells, den Bella nicht auf der Karte führte, weil sie sich über diesen Preis schämen müsse, wie sie sagte. Ein geheimnisvolles Schicksal hatte die wenigen Flaschen vor vielen Jahren noch unter Bellas Vorgängern in den Keller verschlagen und sie in einer Ecke vergessen, bis Frühauf kam und sich bei außerordentlichen Gelegenheiten systematisch ihrer annahm.
Es war ein wunderbares Essen. Frühauf fühlte sich wie im Garten Eden. Bella und er waren gerade beim Kaffee und rochen an der Grappa del Ticino, als die Türglocke ging wie bei Einbruchalarm. Aus der stechenden Helligkeit der

Welt draußen stolperte der Chef des Kriminalkommissariats, Frauenfelder, in das mild gestimmte Halbdunkel von Bella's Bar.
»Störe ich?«
»Natürlich störst du«, sagte Frühauf und meinte, was er sagte.
Aber Frauenfelder ließ sich dadurch nicht abhalten. Er tat, als nehme er es für Ironie, und setzte sich auf den dritten Stuhl am Tisch.
»Aha, ein Festessen. Gibt es für einfache zahlende Gäste, die heute arbeiten müssen, auch etwas zu essen und trinken?«
Frühauf brummte, daß andere Leute heute auch arbeiten müßten. Aber Bella war Bella und sagte: »Für einfache Gäste nicht, aber für dich schon. Willst du auch ein Tournedos? Eines habe ich noch.«
Sie würde es ihm am Ende noch schenken, die verflixt barmherzige Samariterin. Natürlich nickte Frauenfelder wie ein dressierter Esel und leckte sich schon die Lippen, während er Bella nachschaute, wie sie, mit den Hüften wippend, in der Küche verschwand.
»Hat denn die Polizei heute Zeit für so etwas?« fragte Frühauf spitz.
»Gegessen muß der Mensch haben, sogar die Poli-

zei und selbst am Sechseläuten«, antwortete Frauenfelder. »Schenkst du mir auch einen Schluck von dem dort ein?«

»Alkohol im Dienst?«

»Mittagspause!«

»Ach ja, am Sechseläuten ist die brave Bürgerlichkeit auf der Straße, da passiert schon nichts.«

»Spül deine Sprüche hinunter«, sagte Frauenfelder und hob das Glas. Er nahm ein Brötchen aus dem Korb und brach es entzwei. »Du hast keine Ahnung, wie heikel solche Tage sind. Vom Gesichtspunkt der Sicherheit aus müßte man das Sechseläuten verbieten.«

»Nicht nur das Sechseläuten«, sagte Frühauf, »auch den Ersten Mai, die Fasnacht, und was alles noch?«

»Alles verbieten. Dann hätten wir Ruhe, und die Leute wären sicher.«

»Vor wem?«

Frauenfelder stutzte und sagte: »Vor sich selbst.«

»Und du und ich hätten nichts mehr zu tun.«

»Warum du?« fragte Frauenfelder.

»Weil ich von Geschichten lebe. Wenn etwas schiefgeht, entstehen die tollen Geschichten. Oder hast du schon jemanden von dem erzählen hören, was normal lief?«

»Und ihr blast noch kräftig hinein. Wir aber versuchen zu löschen«, sagte Frauenfelder.
»Beide leben wir davon«, sagte Frühauf.
Da kam Bella mit dem braunrot glänzenden Tournedos aus der Küche, und Frauenfelder packte Messer und Gabel und schnitt es wie ein Barbar mitten entzwei, daß es blutete wie frisch geschlachtet.
Als auch Frauenfelder beim Kaffee mit Grappa angekommen war, sagte Frühauf: »Hör mal. So wie ich den Laden hier kenne, bekommst du das Essen heute geschenkt. Zur Feier des Tages.«
»Zur Feier des Tages«, nickte Bella, die Unverbesserliche.
»Du bist also sozusagen Gast. Könntest du nicht, als nachgeliefertes Mitbringsel oder kleines Gegengeschäft, ein wenig erzählen?«
»Gehört dir das hier?«
»Nein, aber trotzdem.«
»Was?«
»Was ihr gerade so tut, wenn ihr was tut, und was euch beschäftigt.«
»Damit du Wasser auf deine Mühlen bekommst, meinst du?«
»Zum Beispiel. Wir müssen alle leben. Die einen mit Monatslohn, die andern ohne. Also, was

macht euch bei der Polizei gegenwärtig die größten Sorgen, und worüber zerbrecht ihr euch den Kopf?«

»Hör auf zu sticheln, wenn du etwas hören willst. Und bitte morgen nicht in allen Blättern: ›Wie der Leiter des Kriminalkommissariats, Frauenfelder, uns bei einem Glas schwerem Bordeaux in Bella's Bar anvertraute.‹«

»Was denkst du! Höchstens: ›Aus gewöhnlich irreführender Quelle ist zu vernehmen.‹ Also?«

»Der Einbruch bei Bühler gefällt mir nicht«, sagte Frauenfelder. »Macht mir tatsächlich Sorgen.«

In der Nacht vom Donnerstag auf den Freitag vor dem Sechseläuten war bei Bühler am Predigeplatz eingebrochen worden. Bühler, das alteingesessene Waffengeschäft in dritter Generation, spezialisiert auf Jagdwaffen und in Jägerkreisen weitherum bekannt. Es hatte am Samstag in den Zeitungen gestanden. Gestohlen worden waren eine Reihe von Jagdwaffen, ferner eine Armbrust und zwei Pistolen, dazu eine Menge Munition.

»Was hört man darüber im Quartier?« fragte Frauenfelder.

»Nichts«, sagte Frühauf.

»Paß auf! Wenn du nicht kooperativer bist, sag ich kein Wort mehr.« Frauenfelder trank seinen Kaffee aus, und Bella stand auf und holte für ihn und Frühauf neuen.

»Noch eine Grappa?« fragte sie Frauenfelder.

»Genug für dieses Mal, danke. Ich bin ganz Ohr.«

»Was soll ich dir sagen, was du nicht schon weißt?«

»Sag's, und ich sage dir, ob ich's schon weiß.«

»Richtig professionell war es nicht, wenn du mich schon fragst. Nicht Mafia, kein Nachschub für das organisierte Verbrechen. Für die gäbe es bessere Arsenale als Bühlers Laden. Und wenn Bühlers Laden, dann hätten sie gründlicher ausgeräumt. Automatisches scheint die Diebe überhaupt nicht interessiert zu haben.«

»Das denken wir auch«, sagte Frauenfelder. »Aber glaub mir, mir wär's lieber, es wäre die Mafia gewesen, und sie hätte eine Reihe Maschinenpistolen mitgenommen.«

»Lieber?«

»Dann könnten wir davon ausgehen, daß die Waffen schon über die Grenze sind, zum Gebrauch weit weg. So aber, wie's aussieht, werden sie wohl in der Nähe verwendet werden.«

»Vielleicht war's ja einfach eine Bande von Wilderern.«
»Du machst Witze!«
»Es muß jemand mit Ortskenntnis gewesen sein. Fremde wären von vorn gekommen. Dieser kam durchs Hinterhaus und wußte, daß die Tür dort nur schwach gesichert war.«
»Du hättest Polizist werden sollen.«
»Danke für die Disteln«, sagte Frühauf. »Weißt du nicht noch etwas wirklich Neues?«
»Nur, daß der Pfarrer von da drüben gestern einen Drohbrief erhalten hat.« Frauenfelder zeigte auf die Predigerkirche und holte eine zerknitterte Fotokopie aus der Tasche. »Lag in seinem Briefkasten. Ihr kennt nicht zufällig die Schrift?«
»Man sollte dich abknallen, Pfaffe«, stand in seekranken Großbuchstaben auf dem Blatt.
Frühauf kannte die Schrift nicht, und auch Bella schüttelte den Kopf.
»Nehmt ihr das ernst?« fragte Frühauf.
»Stell dir vor, wir nähmen es nicht ernst, und es passiert etwas. Das gäbe ein Theater!«
»Und du denkst, der Einbruch bei Bühler und dieser Zettel –«
»Jedenfalls ist es nicht ausgeschlossen, daß da Zusammenhänge bestehen.«

»Hat der Pfarrer so gewalttätige Feinde?«

»Das weiß er selber nicht. In gewissen Gegenden der Vereinigten Staaten bist du schon an Leib und Leben gefährdet, wenn du dich nicht strikt gegen Abtreibung aussprichst. Ein Pfarrer kann alle Augenblicke einem auf die Füße treten, in der Predigt, in der Seelsorge, wenn er einen Bittsteller von der Haustür wegschickt. Die Möglichkeiten sind unendlich.«

»Wie bei allen andern Leuten auch. Und Pfarrer Sprecher selbst hat keine Ahnung, wen er in letzter Zeit so erzürnt hat, daß der ihm an den Kragen will?«

»Nein.«

»Da klopft doch nur jemand ein wenig auf den Busch«, sagte Bella. »Der Pfarrer soll Angst bekommen und damit basta.«

»Wenn nicht der Einbruch bei Bühler wäre und heute das Sechseläuten.«

»Was hat das mit dem Sechseläuten zu tun?« fragte Bella.

»Sprecher ist Zünfter. Marschiert im Umzug mit. Und einer schreibt ihm einen Drohbrief und klaut bei Bühler Jagdgewehre mit Zielfernrohr.«

»Ist das nicht ein bißchen viel miteinander kombiniert?« fragte Frühauf.

»Hoffen wir's«, antwortete Frauenfelder.
»Sprecher soll heute einfach zu Hause bleiben, dann geschieht ihm nichts.«
»Da kennst du den Pfarrer schlecht. Der will dabeisein. Und wenn es auch noch gefährlich ist, dann erhöht das seinen Genuß an der ganzen Geschichte. Wir rieten ihm, den Umzug auszulassen. Er denkt nicht dran. Also wollten wir ihm einen Schutz anbieten, zum Beispiel eine kugelsichere Weste. Auch die lehnt er ab. Er lacht und sagt, wir sähen Gespenster.«
»Und du glaubst, es könnte heute –?«
»Wann wäre die Gelegenheit besser?«
»Dann sagt doch einfach den Umzug ab!«
»Spaßvogel! Eher steht die Sonne still.«
»Gibt es eine Liste seiner möglichen Feinde?« fragte Bella.
»Vernünftige Frau! Haben wir zusammengestellt.«
»Darf man sie sehen?«
»Selbstverständlich nicht.«
»Steht Stelze etwa auch drauf?« wollte Bella wissen.
Frühauf trat ihr unter dem Tisch gegen das Schienbein.
»Warum Stelze?« fragte Frauenfelder.

»Ach, ich dachte nur. Er treibt sich oft hier herum.«
»Antwort leider nicht möglich. Wir kämen ja in Teufels Küche, wir und der Pfarrer auch.«
»Ich finde, ihr seid schon drin«, sagte Frühauf.
»Du könntest recht haben. Ich muß gehen«, sagte Frauenfelder.
Er küßte Bella links und rechts auf die Wange. Frühauf ärgerte sich darüber und rief deshalb giftig und schadenfroh »Schönes Sechseläuten« hinter ihm her.
»Schönes Sechseläuten«, rief Frauenfelder wie ein Automat zurück.
»Warum hast du mich getreten?« fragte Bella.
»Willst du Stelze der Polizei ans Messer liefern?«
Aber der Gedanke an Stelze war nicht nur Bella gekommen.
In diesem Augenblick gab es die zweite Störung. Hinten, neben der Tür zur Küche, läutete das Telefon und Bella lief hin.
»Nein. Ja. Danke.«
»Blöde Kuh«, sagte sie, nachdem sie aufgelegt hatte.
»Was ist?«
»Deine Freundin Joelle.«
»Und du hast mich nicht gerufen?«

»Meinst du, ich helfe bei dieser miesen Komödie mit?«

»Es ist keine miese Komödie. Ich weiß nicht –«

»Erzähl das dem Sechseläutenböögg – aber tu, was du willst.«

»Ich muß mich auch auf die Socken machen. Bis später.« Er wollte sie küssen, aber sie drehte das Gesicht weg.

»Bis wieviel später?«

»Kann ich nicht sagen. Du weißt, ein solcher Tag ist arbeitsintensiv für mich.«

Er ging über die Gasse zurück und in seine Wohnung hinauf, hängte sich die Fototasche über die Achsel, lief die acht schiefen Treppenabsätze wieder hinunter und verließ das Haus durch die Hoftür. Bella brauchte nicht zu sehen, daß er zum Predigerplatz hinauf- und nicht an die Limmat hinunterging.

Vor Bühlers Schaufenster war das Rollgitter heruntergelassen. In der Auslage gab es vor allem Jagdwaffen, dazu auch Jagdhörner, Messer und sogar Jagdhüte mit Buntspechtfedern am Band. In der Mitte erinnerte auf einem kleinen Holzstoß ein Schneemann aus Watte und Papier, daß heute Sechseläuten war. Und an der Wand hing ein Futteral für ein Gewehr. Es war solide Handarbeit, braunes gummiertes Gewebe, oben und unten lederverstärkt. Es sah dem sehr ähnlich, was Stelze quer über den Rücken getragen hatte.

5
Aufstellen zum Umzug

Frühauf schaute sein Spiegelbild im Schaufenster an. Es sah aus wie ein Puzzle. Krumme Beine, die Jeans standen auf den Schuhen auf wie geknickte Ofenrohre, die alte Lederjacke mit den vielen Taschen, das Karohemd, Geheimratsecken auf beiden Seiten der Stirn, schütteres Haar, als hätten Ziegen darin gegrast.

Mußte er nicht doch Frauenfelder erzählen, was er gesehen hatte? Aber Frauenfelder hatte es nicht gern, wenn andere schlauer waren als die Polizei. Frauenfelder mit seiner Loyalität den eigenen Leuten gegenüber, ein Beamter, der nicht einmal hatte verraten wollen, ob Stelze auf der Liste von Pfarrer Sprechers notorischen Feinden stand oder nicht.

Frühauf war sicher, daß Stelze darauf stand. Der aufdringliche kleine Kerl unbestimmten Alters, je nach Bedarf einmal Greis, einmal angegrauter

Hippie, mit seinen immer gleichen Geschichten, der mit seiner Lähmung kokettierte, obwohl sie vielleicht gar keine war. Stelze, diese Klette, der jeden, hatte er ihm einmal etwas gegeben, alle Hahnenschreie lang wieder anquatschte. Stelze konnte den langmütigsten Pfarrer in Rage bringen. Säufer, Tagedieb, kleinere Klauereien nicht ausgeschlossen. Heute zornig wie eine Hornisse, morgen wieder friedlich und alles vergeben und vergessen, als wäre nie etwas gewesen – das war Stelze.

Aber gefährlich? Nein. Er wußte bestimmt nicht mehr, wie man mit einem Gewehr umging, hatte seit der Rekrutenschule keine Waffe mehr in den Händen gehabt. Sein tränendes Auge am Zielfernrohr? Nicht vorzustellen! Als gucke er durch einen dicken Flaschenboden.

Außer Flaschen sah der sowieso nichts mehr, auch nicht mit einem Zielfernrohr. Und wenn einer ihm hundert Flaschen dafür bot? überlegte Frühauf und mußte vor seinem Spiegelbild inmitten von Waffen und Jagdhüten und Hörnern und Futteralen zugeben, daß es da noch einen anderen Grund gab, weshalb er Frauenfelder nichts von Stelze und dem Futteral gesagt hatte.

Frauenfelder war Beamter, er, Frühauf, war selbständig erwerbend. Frauenfelder bekam an jedem Monatsende seinen Lohn, gleichgültig, wieviel oder wie wenig Spitzbuben er gefangen hatte. Er selbst hingegen mußte sehen, wie er zu seinem Weißbrot mit Brie und Riesling Sylvaner kam, jeden Tag, jede Woche, jeden Monat. Er konnte es sich nicht leisten, die Polizei zu sponsern, indem er die schönsten Fische aus seinem Netz in ihres trieb. Wenn es ihm gelang, Stelze zu entlarven, wenn es ihm sogar gelingen sollte, ein geplantes Verbrechen zu verhindern, dann war er, Frühauf, mindestens für ein paar Tage ein gemachter Mann. Die Zeitungen und Lokalradios würden ihm die Tür einrennen. Seine Fotos würden zu Höchstpreisen weggehen, er würde das Telefon abschalten müssen, um überhaupt noch schlafen zu können. Und am Ende würde er für hervorragenden Rettungseinsatz von irgendeiner staatlichen Stelle oder der gutgemeinten privaten Stiftung eines verstorbenen Baulöwen oder Kaffeeimporteurs einen hübschen Preis bekommen.

»Schönes Sechseläuten«, rief jemand und riß Frühauf aus der Zwiesprache mit seinem zerschnipselten Spiegelbild.

»Schönes Sechseläuten«, rief Frühauf wie ein Papagei zurück.

Es war Bühler, der im Zunftkostüm aus seinem Laden trat.

»Haben Sie neuerdings Interesse an der Jagd?«

Frühauf schüttelte den Kopf.

»Würde aber nicht schlecht zu Ihrem Beruf passen. Ist ja auch eine Art Jagd, wenn ich so sagen darf.«

»Warum sind Sie nicht schon längst auf Ihrer Stube?« fragte Frühauf.

»Zuviel Arbeit. Bei mir ist ja eingebrochen worden. Haben Sie sicher schon gehört. Ich komme gerade richtig, wenn wir uns für den Umzug aufstellen.«

Sie gingen nebeneinander die Brunngasse hinunter und über den Hirschenplatz.

»Der erste Einbruch bei Ihnen?«

»Der fünfte in sieben Jahren. Geschäfte wie meines sind beliebt bei denen, versteht sich.«

»Und, hat man jemals einen erwischt?«

»Den ersten. Ein Anfänger, der sich für die Wilderei ausrüsten wollte. Fuhr nachts mit einem gestohlenen Wagen durch die Wälder und knallte gnadenlos alles ab, was ihm durch die Scheinwerferkegel lief. Er wurde geschnappt, und unter den Hintersitzen fand die Polizei ein ganzes Waffenlager, Flinten, Gewehre, Zielfernrohre, Munition, alles, was man braucht. Das war aber auch der einzige.«

»Sie denken, es waren jedesmal Jagdnarren?«

»Dieser eine war wohl die Ausnahme. Die andern werden eher Schwarzhändler gewesen sein. Bringen das Zeug über die Grenze und verkaufen es draußen scheinbar ganz legal.«

»Und die letzten?«

»Die haben auch ganz schön abgeräumt, aber weniger radikal als die drei vorher.«

»Also vielleicht wieder ein einsamer Jäger?«

»Wer weiß? Schönes Sechseläuten!«

Vor Bühlers Zunfthaus standen Frauen mit Blumensträußen, die auf ihre zünftigen Männer warteten, schreiende Kinder, filmende Touristen und die Zunftmusikanten, die gerade den Sechseläutenmarsch gespielt hatten. Als Bühler die messingbeschlagene Eichentür aufstoßen wollte, öffnete sie sich wie von selbst, und heraus drängten, redend, lachend, rufend, die Zünfter, Bauch voll, verschwitzt von der Hitze auf der Stube, froh, sich die Beine vertreten zu können, die Hüte in der Hand, die geblümten Westen zurechtziehend und an den steifen Vatermörderkragen zerrend, um mehr Luft zu bekommen. Frühauf kannte den einen und andern, wurde begrüßt und grüßte zurück, bekam unter Gelächter freche Fragen an den Kopf geworfen und gab lachend unzimperliche Antworten zurück. Aber er ließ sich durch kein Gespräch aufhalten.

Er schaute, daß er weiterkam, und achtete darauf, den Zünftern auszuweichen, die jetzt überall aus ihren Häusern strömten, die Straßen füllten und sich langsam und wie widerwillig aufstellten, um auf den Werdmühleplatz und an die untere Bahnhofstraße zu marschieren und dort zu warten, bis der Umzug begann. Der Zugschef, der in den meisten Zünften einen verzierten Degen oder Stab in der Hand führte, umrundete seine Zunft wie ein Hirtenhund die Herde und schrie sich heiser, bis endlich die Viererkolonne stand.

Frühauf hatte keine Zeit zu verlieren. Wenn er Stelze finden wollte, mußte er sich beeilen. Wo, fragte er sich, würdest du lauern, wenn du einen im Umzug erschießen wolltest? Zuoberst in einem Haus. Da achtet keiner auf dich. Aber wo? Sicher nicht an der Bahnhofstraße, denn dort versperren Bäume die Sicht. Außerdem sind die noblen Geschäftshäuser an einem solchen

Tag wie heute geschlossen und so gut gesichert, daß keiner hineinkommt. Aufs Dach der Nationalbank oben am See ist erst recht nicht zu gelangen. Bei der Sternwarte Urania, wo eine Brücke über die Straße geht? Das ist in unmittelbarer Nähe der Stadtpolizei, wo alle paar Augenblicke Streifenwagen vorbeifahren; keine Chance, zum Schuß zu kommen. Aber auf der andern Seite der Limmat, am unteren Limmatquai.

Der Umzug würde – wie jedes Jahr – über die Rudolf-Brun-Brücke kommen, die nach dem Begründer der Zürcher Zunftverfassung heißt, links zum Central abbiegen, unmittelbar davor wenden und in einem kurzen Kontermarsch bis zur Brücke zurückgehen und von da geradeaus weiter, das Limmatquai hinauf, wo es enger wird, am steingrauen Rathaus vorbei, durch das Nadelöhr zwischen Großmünster und Wasserkirche, über die Schifflände, vorbei am Hechtplatz bis zum Bellevue und auf die Sechseläutenwiese, wo auf einem riesigen Holzstoß der Böögg, der Schneemann aus Holzwolle und Karton, Pfeife im Mund, einen gestürzten Weidenkorb auf dem Kopf, darauf wartete, wie jedes Jahr am dritten Montag im April verbrannt zu werden.

Wollte ich jemanden treffen, bezöge ich Stellung am unteren Limmatquai, sagte Frühauf zu sich selbst. Dort ist die Straße breit und die Sicht gut. Dazu der Kontermarsch. Er bringt vorübergehend Verwirrung in die Reihen, die Viererkolonnen zerfallen, der Zug gerät aus dem Takt, die Zünfte werden für ein paar Augenblicke durcheinandergemischt, bis sich nach der Rudolf-Brun-Brücke die Marschordnung wie von selbst wieder einstellt.

Am Limmatquai warteten die Zuschauer schon in drei und mehr Reihen hintereinander. Junge Leute hockten auf dem Randstein. Manche der älteren Frauen trugen Trachten, ein paar wenige Männer Älplerhemd und runde Lederkappe mit Schweizerkreuz. Ein Verkäufer in blauem Kittel, eine verbeulte Uniformmütze auf dem Kopf, zog einen Einkaufswagen hinter sich her und schrie im Takt der quietschenden Räder »Programm, Programm« über die dicht an dicht stehenden Köpfe hinweg.
Frühauf eilte den Zuschauerreihen entlang. Gerade bog die Zunft zur Schneidern auf die Rudolf-Brun-Brücke ein. In grellem Pink leuchtete der Frack des Zunftmeisters, und unter all

den hellgrauen Hosen fiel das schottische Blackwatch eines Altzunftmeisters besonders auf. Frühauf war darauf bedacht, von keinem der Zünfter gesehen zu werden. Er kannte eine ganze Reihe der Schneider, aber er hatte jetzt keine Zeit, lustige Anzüglichkeiten mit ihnen auszutauschen. Vom Rathaus her kam schon wieder eine Zunft. Es waren die Zimmerleute.
An der Kreuzung von Limmatquai und Mühlegasse traf er Bruno. Frühauf hatte ihn sicher schon eine Woche lang nicht mehr gesehen. Im Haus hatte es geheißen, er sei in den Ferien. Ferien, hatte Frühauf gedacht. Er hatte das Wort Ferien noch nie im Zusammenhang mit Bruno gehört, und er war auch noch niemals auf den Gedanken gekommen, daß Bruno welche machen könnte. Aber Bruno war offensichtlich weggewesen, an einem fernen Strand oder in den Bergen. Der sonst jahraus, jahrein jahreszeitenunabhängig käsebleiche Bruno hatte reichlich Sonne ins Gesicht bekommen. Überflüssig zu sagen, daß sein Outfit, wie neuerdings üblich, sehr gepflegt war. Frühaufs Lederjacke, die treue Begleiterin, war im Vergleich zu Brunos Zwischensaisonblazer ein alter Lappen.
»Du bist schon auf der Piste?« fragte Bruno.

»Du auch.«
»Bei mir ist es reines Vergnügen.«
»Ein neues Vergnügen. Ich wüßte nicht, daß du dich je für das Sechseläuten interessiert hättest.«
»Habe ich auch nicht.«
»Wenn ich an deine Sprüche denke, noch voriges Jahr –«
»Die Zeiten ändern sich«, sagte Bruno grinsend. »Ich hab da seit kurzem so ein paar nähere Bekannte unter den Zünftern. Wo willst du hin?«
»Hast du zufällig Stelze gesehen?« fragte Frühauf.
»Stelze? Wer ist das?«
»Tu nicht so. Oder ist dein Gedächtnis auch neu eingekleidet? Stelze, der mit den Krücken.«
»Ach, der? Nein, nicht gesehen. Warum?«
»Ich wollte ihn etwas fragen.«
»Den mußt du schon selbst suchen. Was nicht ganz leicht sein wird, heute.«
»Dann gehe ich durch die Niederdorfstraße bis zum Central«, sagte Frühauf.
»Dahinunter muß ich auch. Ich begleite dich«, sagte Bruno schnell. »Was willst du Stelze fragen?«
»Nichts Wichtiges.«
»Hast du ihn denn heute schon gesehen?«

Warum sollte Frühauf lügen? »Ja, hab ich.«
»Wo?« fragte Bruno, mit hörbarem Interesse, wie Frühauf fand.
»Von Bella's Bar aus. Er ging die Gasse hinunter.«
»Wann war das?«
»Wann? Vielleicht vor zwei Stunden.«
»Und fiel dir etwas Besonderes an ihm auf?«
»Warum fragst du?« fragte Frühauf zurück.
»Irgend etwas muß dir ja wohl an ihm aufgefallen sein, daß du ihn unbedingt finden willst.«
»Deiner Logik kann ich nicht folgen«, sagte Frühauf.
Sie standen jetzt vor einem alten Haus, das in Stahlgerüst und Plastikbahnen verpackt war, als sei es für einen schonenden Abtransport vorbereitet.
Wenn ich einen aus dem Umzug wegradieren wollte, würde ich hier hinaufsteigen, flüsterte die Detektivstimme in Frühaufs Gehirn. Zu Bruno aber sagte er: »Ich muß hier drinnen etwas nachsehen.«
»Kannst du leider nicht«, sagte Bruno, der plötzlich rechts und links einen Securitaswächter neben sich hatte.
»Warum nicht?«

»Weil das Haus der Dame gehört, die du kürzlich als meine Schwiegermutter betitelt hast und inzwischen ja gut genug kennst, und weil diese beiden Herren hier in meinem Auftrag, den ich wiederum von Frau Uta bekommen habe, dafür sorgen werden, daß während des schönsten aller Zürcher Feste niemand in ihre Liegenschaft eindringt und womöglich noch verunglückt. Häuser im Umbau sind gefährliche Fallen, mein Freund. Und du weißt ja, wie das mit der Haftung ist. Man warnt zwar an allen Ecken und Enden mit Tafeln und Schildern, aber wenn einer zu Schaden kommt, bleibt am Ende trotzdem alles am Eigentümer hängen.«

»Deine zwei Wächter können mich ja beschützen«, sagte Frühauf.

»Betreten strengstens verboten.«

»Auf mein Risiko!«

»Auch nicht auf dein Risiko, Frühauf. Uta Restelberg will keine Scherereien. Darum werden diese beiden vorläufig hier stehen und jeden daran hindern, etwas zu unternehmen, was nicht im Sinne von Frau Restelberg ist. Tut mir leid, Frühauf, auch für dich gibt es heute keine Ausnahme. Was willst du eigentlich dadrin finden?«

»Ach nichts«, sagte Frühauf und verwünschte Bruno.
»Sie wissen, was Sie zu tun haben«, sagte Bruno zu den beiden Wachmännern und zu Frühauf: »Komm, laß uns etwas trinken gehen.«
Frühauf wollte ablehnen, aber Bruno drängte ihn. »Du hast mir so oft einen spendiert, heute revanchiere ich mich bei dir«, sagte er und steuerte auf die Niederdorfbar zu.
Links und rechts vom Eingang saßen wie goldbehängte Buddhas auf roten Gartenstühlen zwei dicke alte Frauen und redeten so laut, als wäre außer ihnen kein Mensch auf der Gasse. Gern hätte Frühauf sie gefragt, ob sie Stelze gesehen hätten, aber er ließ es sein. Bruno brauchte nicht zu merken, wie sehr er Stelze suchte.
Die Bar war leer. Die Serviertochter, eine junge Spanierin oder Portugiesin, sah aus, als ob sie den Sechseläutenansturm schon hinter und nicht noch vor sich hätte. Bruno zog Frühauf in die dunkelste Ecke und setzte sich, als gedenke er, für heute nicht mehr aufzustehen.
»Ein Schluck Champagner gefällig?« fragte er.
Doch doch, dachte Frühauf, bei dem ist tatsächlich der Wohlstand ausgebrochen. »Warum nicht?«

Und Bruno ließ sich nicht lumpen. Frühauf hatte erwartet, daß er zwei Cüpli bestellte, aber unter einer ganzen Flasche von der teuren Sorte machte es der neureiche Bruno nicht. Frühauf staunte. Sie prosteten einander zu und tranken, und Bruno fing wieder von Stelze an. Doch Frühauf tat, als hörte er es nicht.

Kaum war die eine Flasche leer, bestellte Bruno schon eine zweite. Frühauf schaute auf die Uhr.

»Ich muß gehen. Es ist schon bald drei. Um halb vier beginnt der Umzug.«

»Als hättest du diesen langweiligen, immergleichen Umzug nicht schon tausendmal gesehen. Komm, wir trinken noch etwas«, bettelte Bruno.

Als Frühauf aufstand, wollte Bruno ihn nicht an sich vorbeilassen, und Frühauf mußte ihn zur Seite schieben.

»Ich danke dir. Schönes Sechseläuten.«

»Kann mir den Buckel herunterrutschen, dieser bürgerliche Käse«, schimpfte Bruno, schon leicht betrunken, als hätte ihn der Champagner wieder zum alten, abgerissenen Clownmaler gemacht.

Frühauf mußte sich beeilen. Er wollte auf die andere Limmatseite, zum Werdmühleplatz, dorthin, wo die Zünfte auf den Abmarsch warteten. Die Wahrscheinlichkeit war groß, daß er

dort drüben einen gut verkäuflichen Schnappschuß verpaßte, während er auf dieser Seite der Limmat – rein journalistisch gesehen – den Haupttreffer suchte, ohne zu wissen wo. Konnte er es sich nicht leisten, die Polizei zu sponsern, so konnte er es sich erst recht nicht leisten, zinslos in die Ermordung des Pfarrers Sprecher zu investieren. Er spürte den Champagner in Kopf und Beinen.
Die Niederdorfstraße war menschenleer. Alles war jetzt am Limmatquai, suchte einen guten Platz und wartete auf den Umzug. Vor Uta Restelbergs plastikverpacktem Umbau standen die zwei Securitaswächter wie Wappenlöwen, und als sie Frühauf kommen sahen, machten sie entschlossene Gesichter. Er ging wortlos an ihnen vorüber und nahm sich vor, zu Hause das Häuserverzeichnis von Zürich durchzublättern und herauszufinden, wie viele Liegenschaften die alte Dame in der Stadt besaß. Er hätte eine Wette darauf abgeschlossen, daß der Umbau nicht ihr einziges Haus an dieser Straße war und daß ihr ein hübscher Teil der Altstadt gehörte.
Auf der Rudolf-Brun-Brücke mußte er sich geradezu durch die Leute hindurchwinden. Es schien mehr Volk auf den Beinen zu sein als in den letz-

ten Jahren. Ein Grund war sicher das sonnige Wetter. Frühauf schwitzte in seiner Lederjacke. Auf der anderen Seite der Brücke standen die Leute noch dichter gedrängt. Hier stauten sich die wartenden Zünfte, der Werdmühleplatz war bereits überfüllt von Zünftern, Pferden und den riesigen Sujetwagen. Die Schneider führten eine Schneiderwerkstatt mit sich, die Schmiede eine Esse mit Amboß, die Zunft Fluntern ein Modell des Klosters, das vor vielen Jahrhunderten in ihrem Quartier gestanden hatte, und die Riesbächler ihre mächtige Rudolfinger Weinpresse. Jetzt kam Frühauf kaum mehr voran. Dauernd stieß er mit einem Bekannten zusammen, wurde lachend gegrüßt, gefragt, ob er auf der Pirsch sei, spürte bei manchem die Erwartung, daß er ein Bild von ihm knipsen würde. Er aber rief nur »Schönes Sechseläuten« und drängte weiter.

Er suchte Pfarrer Sprechers Zunft und erkannte weit vorne ihre Kostüme. Dann sah er den Pfarrer selbst. Groß und beleibt und nicht zu übersehen, im Kostüm seiner Zunft, stand Sprecher mitten auf der Straße und führte in einem kleinen Kreis von Zünftern, die lachend, nickend und gestikulierend an seinen Lippen hingen, das große Wort.

Er wird die Geschichte von dem Drohbrief erzählen, dachte Frühauf. Der Angeber war selber schuld, wenn ihm etwas passierte. Was mußte er die Sache an die große Glocke hängen? Aus Selbstschutz? Je mehr es wissen, desto weniger passiert? Aber eigentlich interessierte Sprecher Frühauf gar nicht. Ihn interessierten die Spuren von Frauenfelders Vorsichtsmaßnahmen.
Es gab sie. Am Rande des Platzes, vor den Schaufenstern des Elektrizitätswerks der Stadt Zürich, standen drei Uniformierte. Und Frühauf war sicher, daß einige Zivilisten auch zur Polizei gehörten. Frauenfelder war also auf der Hut.
Um ihn vor die Kamera zu bekommen, rückte Frühauf näher an den redseligen Pfarrer heran. Sprecher beachtete ihn nicht. Als Frühauf ihn im Sucher hatte, dachte er an den Kreis des Zielfernrohrs, in dem der Pfarrer innerhalb der nächsten zwei Stunden möglicherweise auftauchen würde, und an das, was dann geschehen könnte. Er drückte ab.
Sprecher stand noch immer dort und referierte, und seine Freunde hörten noch immer mit heiteren Gesichtern zu. Fast erstaunt stellte es Frühauf fest.
Als er den Apparat sinken ließ, erkannte er hin-

ter Sprechers Zunft Gerold Restelberg und seinen Sohn aus erster Ehe. Sie warteten schweigend nebeneinander und hatten sich offensichtlich nichts zu sagen. Frühauf blätterte im Sechseläutenprogramm und suchte nach der Reihenfolge der Zünfte im Umzug. Unmittelbar hinter der Zunft des Pfarrers folgte die der beiden Restelberg.

6
Der Umzug

Mit dem Glockenschlag um halb vier setzte sich der Umzug die Bahnhofstraße hinauf in Bewegung.
An der Spitze die Stadtpolizei zu Pferd, dann das Zentralkomitee der Zünfte Zürichs, die Knabenmusik der Stadt, die Fahnen der Stadt und der ehemaligen Vorortsgemeinden und dann die erste Zunft. Die Reihenfolge der Zünfte im Zug wurde jedes Jahr neu ausgelost, den Anfang und den Schluß aber machte abwechselnd entweder der Weggen, der Kämbel oder die Zunft zu Wiedikon, weil sie die größten Reitergruppen hatten.
Sprechers Zunft marschierte an fünfter Stelle. Wie es sich gehört, kam auch hier das Zunftemblem als Motto zuerst; es folgte die kleine Reiterei, danach der Zünfternachwuchs in historischen Kostümen unter der Aufsicht einiger

zünftiger Väter, hinter ihnen der erste Sujetwagen. Anschließend die Gesellen, nach ihnen die Zunftmusik und der Landauer mit den alten Zünftern, die zu schwach auf den Beinen waren. Dann die Zunftfahne, gleichsam ein Baldachin für den Zunftmeister, der den goldenen Becher mit sich trug und von den Ehrengästen und der Vorsteherschaft umgeben war, gefolgt von den Reihen der Zünfter in den Kostümen und den Gästen in Schwarzweiß. Den Schluß bildete noch einmal ein großer, von vier schweren Pferden gezogener Wagen.
Rund um den Werdmühleplatz hatte Frühauf nur wenig Bilder geschossen, und es war kein einziges aufregendes dabei gewesen. Nun entschloß er sich doch, alles auf die Sensationskarte zu setzen und über den Fluß zum unteren Limmatquai zurückzugehen. Er erinnerte sich an seine Kindheit. »Kommt, wir gehen an die Kreuzung«, hatten sie zueinander gesagt, »vielleicht gibt es ein Unglück.«
Das Limmatquai zwischen Rudolf-Brun-Brücke und Central war eine ovale Arena, gebildet von der Häuserzeile, der Limmat und den Reihen der Schaulustigen. Der Umzug würde durch den schmalen Einlaß wie in eine Reuse hineinkom-

men, in der Mitte wenden und wieder aus der Reuse hinausmarschieren. Wie die Rinnsale eines verzweigten Gewässersystems in der Talsohle zu einem See zusammenfließen, kamen von allen Seiten immer noch Zuschauer, und die Arena füllte sich mehr und mehr.

Frühauf traf wieder den Programmverkäufer, dessen ungeöltes Wägelchen weithin hörbar durch den Lärm der Leute jammerte. Er sah die Blumensträuße in den Händen der wartenden Zünftersfrauen, die selber wie Blumen waren in den Händen einer großen Floristin. Er fotografierte wahllos in die Menge. Wie im Fotoalbum erblickte Frühauf Gesichter von Freunden, Bekannten und Verwandten und von Leuten, die er vom Sehen kannte und nicht wußte, wie sie hießen. Er hob die Hand, rief »Schönes Sechseläuten« über die Reihen der Köpfe hinweg, und sie riefen »Schönes Sechseläuten« zurück.

Wie auf Befehl wandten sich mit einemmal alle Köpfe nach links. Das Gerede verstummte, viele stießen einander an und deuteten mit dem Kinn limmataufwärts. Frühauf drehte sich nach rechts, um zu sehen, was es gab, und was er sah, trieb ihn rückwärts und drängte ihn zwischen die Zuschauer der ersten Reihe an der Limmat.

Durch die Öffnung der von der Neugier der Schaulustigen schon fast zugezogenen Reuse betrat gemessen, ihrer Würde bewußt und das Aufsehen, das sie erregte, für selbstverständlich hinnehmend, Uta Restelberg mit Begleitung die Arena.
Er staunte über die Sicherheit, mit der sie auf den hohen, dünnen Absätzen über Asphalt, Tramgeleise und Pflastersteine schritt. Sie trug Schwarz. Schwarzes Kostüm ohne Bluse, sehr tief ausgeschnitten, Perlenkette, mindestens fünffach um den Hals geschlungen, schwarze Handschuhe, schwarze Handtasche und einen flachen schwarzen Hut mit einer Krempe wie ein Sonnenrad. Im Hutband und auf dem Revers steckten als einzige Farbtupfer in dem vielen Schwarz, große pinkrote künstliche Pfingstrosen. Der Saum ihres Rocks endete eine gute Handbreit über den Knien. Sie kann es sich immer noch leisten, dachte Frühauf.
Uta Restelbergs Gefolge bestand aus fünf Personen. Am auffallendsten, in grellem Rot von den Schuhen bis zu Hut und Lippenstift, Utas Schwiegertochter Arnikka. Sie führte den kleinen Jeremy an der Hand, gekleidet als angehendes Mitglied der Zunft seines Vaters, Großva-

ters, Urgroßvaters und seines Stiefbruders. Neben Frau Uta ging eine kleine alte Dame, die sich auf einen dünnen Stock mit Silberknauf stützte und damit erst recht unterstrich, wie gut das Oberhaupt der Familie Restelberg zu Wege war. Hinter ihnen folgten Uta Restelbergs Haushälterin und ein junges Mädchen, das Frühauf nicht kannte. Jede trug zwei Körbe, gefüllt mit Sträußen.

Die Leute am Straßenrand schauten, als ob der Umzug bereits begonnen hätte, jemand klatschte sogar in die neugierige Stille hinein, ein paar andere folgten. Dem Jungzünfter Jeremy schien das nicht zu gefallen; er suchte mit seiner zweiten, freien Hand die der Großmutter neben ihm. Der kleine Zug wandte sich unvermittelt nach rechts, gegen die Zuschauerphalanx, und als wäre es ganz selbstverständlich, öffneten sich die Reihen, eine Gasse entstand, sogar die für Zuschauer aufgestellten Bänke wurden von eifrigen Händen auseinandergeschoben, und so schritt die Familie Restelberg über das Trottoir auf das Haus neben dem plastikverpackten Umbau zu, Uta voran.

Aha, sagte sich Frühauf, das Haus gehört ihr also auch.

Wie von selbst öffnete sich die Tür des Hauses; die drei Damen mit dem Kind und den beiden Blumenträgerinnen wurden von der Finsternis des Flurs verschluckt. Die Tür schloß sich hinter ihnen, und Frühauf merkte, daß er vergessen hatte zu fotografieren, er verträumter Idiot. Was wären das für Bilder geworden!
Die Reihen füllten sich wieder, die Gesichter hatten das gemeinsame Ziel ihrer Neugier verloren. Frühauf knipste. Er würde die Fotos wie jedes Jahr auf große Kartons kleben, die dann für eine oder zwei Wochen in Bella's Bar an den Wänden hingen. Die Leute sahen nichts so gern wie Bilder von sich selber und ihrer vertrauten Umgebung; der Verkauf war jeden Frühling eine nicht zu verachtende Nebeneinnahme für Frühauf.
Als er etwas später am Haus hinaufschaute, worin der Restelbergsche Zug verschwunden war, sah er oben in der dritten Etage die Balkontür aufgehen, blitzend von den gebrochenen Sonnenstrahlen. Vier Stühle standen wie in einer Theaterloge bereit. Heraus kam als erste Uta Restelberg, ihr folgten die anderen. Sie und ihre gebückte Freundin, die knallrote Arnikka und Jeremy setzten sich; die Haushälterin und

ihre Helferin blieben hinter ihnen stehen, auf einem Tisch zwischen sich die Blumenkörbe.
Uta Restelberg musterte die Leute unten auf der Straße. Entdeckte sie ein bekanntes Gesicht, nickte sie oder deutete mit der Hand ein Winken an, neigte den Kopf nach rechts, wo ihre Freundin saß, wohl um zu erklären, wen sie gesehen hatte, und deutete in die entsprechende Richtung. Die alte Dame drehte dann aufgeregt und kurzsichtig wie ein Huhn den vorgestreckten Kopf nach allen Seiten, und bis sie den einen erkannte, hatte Uta zwei neue entdeckt.
Frühauf schoß zwei, drei Bilder von dem Balkon und den Damen mit dem Kind darauf. Goya geisterte ihm durch den Kopf. Die Zuschauerreihen waren jetzt so dicht geschlossen wie bei einem Stierkampf. Die Sonne brannte. Das Wasser der Limmat blitzte, die Lichtkünstlerin malte Kringel auf die Hausmauern. Eine Sanitäterin und ein Sanitäter patrouillierten langsam mit todernsten Gesichtern, konzentriert auf kommende Katastrophen, den Zuschauerreihen entlang wie Leute von einem andern Stern und als ginge sie das alles nichts an. Die drei Verkehrspolizisten am unteren Ende der Reuse, dort, wo der Zug wenden würde, bekamen die ersten Blumen und

steckten sie in den Uniformgurt. Frühauf machte aus der Ferne ein paar Fotos von ihnen. Über die Bahnhofbrücke drängten noch immer Leute nach; das Tram Richtung Universitätsklinik war mit kleinen Fähnchen geschmückt. Eine Frau kam auf Frühauf zugestürzt, hielt ihm einen Blumenstrauß vors Gesicht, rief »Schönes Sechseläuten«, küßte ihn links und rechts, und erst, als sie schon wieder zurücklief, erkannte er seine Kusine Susy aus Birchwil.

Jetzt war von der anderen Limmatseite her, verzerrt und verweht, der Sechseläutenmarsch zu hören, und als Frühauf sich danach umdrehen wollte, sah er gerade noch, wie Bruno in derselben Tür wie der Restelbergsche Zug verschwand. Wenig später stand er im Halbdunkel der Balkontür zwischen den beiden Blumenfrauen.

Unten, dachte Frühauf, zieht der Ehemann vorbei, und oben steht der Liebhaber seiner Frau und schaut zu.

Er ließ seinen Blick zum verkleideten Nachbarhaus hinübergleiten. Die Plastikbahnen blendeten wie blitzende Spiegel. Wenn sich jemand dahinter versteckte, konnte er jetzt in aller Ruhe auf dem Gerüst seine Vorbereitungen treffen,

seine Sachen ausbreiten und das Gewehr in Anschlag bringen, ohne daß er befürchten mußte, entdeckt zu werden.
Frühauf drängte sich jetzt zwischen den Leuten durch und stellte sich entgegen seiner Fotografengewohnheit nicht in die erste Reihe, sondern lehnte sich zuhinterst an das Geländer am Wasser. Hier hatte er die beste Sicht, von hier aus konnte er alles überblicken, und von hier aus konnte er notfalls sofort losrennen, wenn etwas passierte. Die Zeitungen würden ihm die Bilder aus den Händen reißen.
Er versuchte noch einmal festzustellen, ob es nicht doch an der Hülle des Umbaus etwas zu entdecken gab – vielleicht ein Loch im schillernden Packmaterial, aus dem der Lauf eines Gewehrs herausragte? Aber er mußte kapitulieren; geblendet schloß er die Augen. Er hörte das Gerede der Zuschauer um sich herum und das Spiel des Sechseläutenmarsches, das nun immer lauter wurde und langsam allen Lärm verschlang. Er meinte auf seinem Gesicht einen Lufthauch zu spüren ähnlich dem Druck, von dem man sagt, er gehe einer Lawine voraus. Durch den Wald der Zuschauer bahnte sich die Lawine des Umzugs ihren Weg.

»Aha, auch Posten bezogen!« sagte eine Stimme nahe an Frühaufs Ohr. Frauenfelder.
»Du auch?« fragte Frühauf.
»Warum hier?«
»Weil hier gut zu fotografieren ist. Und warum du?«
»Ich laufe mit dem Zug mit. Tue ich immer. Und heute – du weißt ja.«
»Erwartest du etwas?« fragte Frühauf und nannte sich wortlos einen Heuchler.
»Man kann nie wissen. Bis jetzt ist nichts passiert.«
Diese Mischung aus Erleichterung und Enttäuschung! Sollte er ihm nicht doch etwas von Stelze sagen? Aber was nützte es? Jetzt konnte nichts mehr getan werden. Es wäre nicht einmal mehr Zeit genug, den Umbau zu durchsuchen, denn schon ritten die Polizisten, die den Zug anführten, auf den ängstlich tänzelnden Pferden durch die Reusenöffnung in die Arena hinein, hinter sich den ganzen langen, vorwärtsdrängenden, verkleideten Lindwurm der Zünfte, Blasmusiken, Bilderwagen, Blumen und Fahnen.
Es war Frühauf gar nicht angenehm, daß Frauenfelder neben ihm stand. Wenn etwas geschah, wollte er freie Hand haben. Einem andern war es

sicher auch nicht recht: Bruno. Frühauf sah ihn noch immer in der offenen Balkontür stehen, jetzt mit einem Feldstecher vor den Augen, und die beiden Röhren waren – Frühauf hätte Gift darauf nehmen können – direkt auf ihn und Frauenfelder gerichtet. Er sagte Frauenfelder nichts davon und war froh, als dieser weiterging, Richtung Central, bis zum Grund der Reuse. Dort wartete eine Ambulanz hinter den Zuschauerketten.

Die berittenen Polizisten wendeten bereits zum Kontermarsch. Vor Frühauf zogen die Jungzünfter mit den Gemeindefahnen vorüber. Das Publikum klatschte. Blumen flogen durch die Luft. Frühauf schaute zum Balkon hinauf.

Bruno hatte sich weiter in den Schatten zurückgezogen. Uta Restelberg hatte den schwarzen Hut abgelegt und schwang einen Blumenstrauß über dem Kopf. Sie schleuderte ihn mit unfehlbarer Treffsicherheit einem jungen Mann vor die Brust, der eine Fahne trug und über das freundliche Geschoß so erschrak, daß er um ein Haar mit beiden Händen die Stange losgelassen hätte. Ein Mädchen stürzte aus der vordersten Reihe, hob die Blumen auf und steckte sie dem jungen Mann hinten in den Gürtel. Mit rot angelaufe-

nem Gesicht küßte er zuerst das Mädchen auf beide Wangen und nickte dann dankend zum Balkon hinauf. Uta Restelberg setzte sich gerade die schwarze Hutscheibe wieder auf und winkte leicht mit einer Hand.
Jetzt kam die erste Zunft. Dieses Jahr waren es die weißgekleideten Bäcker vom Weggen, die man beinahe auch für Chirurgen hätte halten können. »Weggli, Weggli«, krähten vor Frühauf ein paar Knirpse mit sich überschlagenden Stimmen, klatschten in die Hände und hüpften im Takt. Sie mußten nicht lange bitten. Gleich einer der ersten Reiter griff in den weißen Sack, der an seinem Sattel hing, und warf ihnen mit beiden Händen Brötchen zu. Am Vormittag schon hatte die Zunft zum Weggen vom Karlsturm aus, dem limmatwärts stehenden Turm des Großmünsters, an dem der steinerne Kaiser Karl der Große mit der goldenen Krone und der goldenen Schwert auf den Knien saß, wie jedes Jahr den Leuten am Limmatquai Brötchen zugeworfen.
Der Zunftmeister trug den goldenen Becher wie ein Heiligtum. Neben ihm gingen die Ehrengäste, dieses Jahr ein Bundesrat, die Präsidentin des Zürcher Kantonsrats und der Zunftmeister der Bäckerzunft aus einer süddeutschen Stadt.

Frühauf kannte viele aus der Weggenzunft, manche persönlich, die meisten vom Sehen. Der Fahnenträger, der unter dem schweren Tuch beinahe verschwand, winkte ihm zu, aber ausgerechnet von ihm hätte Frühauf nicht sagen können, wer er war. Leute in Kostümen zu erkennen, ist nicht einfach. Jungzünfter, begleitet von Mädchen in Trachten, trugen einen riesigen Zopf aus geflochtenem Teig vorbei. Uta Restelberg hatte Gelegenheit, mehrmals ihre Treffsicherheit zu beweisen. Sie verfehlte nie.

Es folgte eine weitere historische Zunft; von jetzt an war die Reihenfolge ausgelost. Der rechte Arm der alten Frau Restelberg war unermüdlich. Einem Zünfter schlug sie mit ihrem blühenden Wurfgeschoß den Dreispitz vom Kopf. Unter dem Wollknäuel der Perücke verbarg sich der Ressortchef einer Lokalzeitung. Frühauf winkte ihm zu.

Nun kam die dritte Zunft, eine sogenannte neue, und je neuer die Zunft desto größer der Aufwand bei den Kostümen. Bei dieser Gruppe warf Frühaufs Gegenüber auf dem Balkon nur einen einzigen Blumenstrauß. Er traf präzise, wurde mit Winken und Hutschwenken belohnt.

Dann spürte Frühauf, wie sein Puls schneller

wurde. Soeben bog hinter der vierten – einer neuen – Sprechers Zunft als fünfte von der Rudolf-Brun-Brücke in das Limmatquai ein. Auf dem Balkon schien man sich wie zu einem Angriff zu rüsten, denn die sechste Zunft im Umzug war die Restelbergsche.
Uta Restelberg vernachlässigte die vierte Zunft völlig. Sie warf keinen einzigen Strauß. Aber sie legte den Hut wieder ab, reichte ihn nach hinten, stand auf und trat ans Geländer, während die Haushälterin mit einem vollen Blumenkorb neben ihr Posten bezog. Frühaufs Augen wechselten, je näher Sprechers Zunft kam, desto ruheloser, zwischen dem verhüllten Haus, der Straße und dem Balkon hin und her. An dem gleißenden Plastik war keine einzige verräterische Bewegung zu entdecken.
Schon kamen die Reiter von Sprechers Zunft mit der Standarte. Keine große Gruppe, aber in guter Formation, fröhlich lachend und nach links und rechts winkend. Vom Balkon flog der eine und andere Strauß. Fahne, Zunftmeister – er bekam vom Balkon ein floristisches Geschoß ab –, die Zünfter im Gewand. Frühauf, die Kamera vor den Augen und ein über das andere Mal abdrückend, sah, daß Pfarrer Sprecher mit dem lin-

ken Arm ein ganzes Fuder von Blumensträußen gegen seinen Bauch drückte und mit dem anderen nach allen Seiten winkte. Arnikka erkannte ihn, zeigte mit ihren rotlackierten Fingernägeln auf ihn, und Uta Restelberg warf und traf. Virtuos fing der Pfarrer die Blumen auf, schwenkte sie grüßend zum Balkon hinauf, verbeugte sich leicht im Gehen und holte mit zwei langen Schritten seine Reihe wieder ein. Schon war die Spitze der Zunft am unteren Ende der Arena angekommen und wendete zum Kontermarsch. Das Zunftspiel hatte Pause, die Tambouren trommelten den Marsch. Vor Frühaufs Linse defilierten die Reihen der Pinguine.

Und gleich dahinter folgte Zunft Nummer sechs. Vom Balkon setzte ein wahres Blumentrommelfeuer ein, so daß der Zug fast zum Stillstand kam. Frühauf bemerkte, daß außer Uta Restelberg jetzt auch Arnikka und die alte Dame Sträuße warfen. Von Bruno war nichts mehr zu sehen. Unter dem Blumenhagel scheuten die Pferde, der Zunftmeister mußte anhalten und warten. Eines der ihn begleitenden Blumenmädchen fing den Strauß auf, er war aus Uta Restelbergs eigener Hand gekommen und traf genau. Doch als der Zunftmeister mit den Ehrengästen und der Vorsteherschaft vorüber war, hörte der Blumensegen von oben keineswegs auf. Er brachte die Reihen der Zünfter nun erst recht durcheinander. Manche bückten sich, hoben die Blumen auf, hielten sie hoch in die Luft, schauten zum Balkon hinauf und dankten für die Ehre. Der eine und andere deutete eine Kußhand an. Uta Restelberg winkte zurück und warf weiter. Frühauf sah Gerold Restelberg herankommen, auch er schon mit vielen Sträußen beladen, und hinter ihm sein Sohn aus erster Ehe. Vom Balkon fiel ein Platzregen aus Blumen auf sie herab. Auf der Gegenstrecke kam Sprechers Zunft zum Stehen, weil weiter oben die Pferde eines Sujetwagens scheuten und beruhigt werden mußten. Der Pfarrer trat zu Gerold Restelberg, dem älteren – sicher wünschten sie einander »Schönes Sechseläuten« –, Sprecher zeigte zum Balkon hinauf und auf einen Blumenstrauß in seinem Arm, beide lachten, und nachdem das Durcheinander entwirrt war, setzten sich die Zunft hinten und die Zunft vorn gegenläufig wieder in Bewegung. Sprecher hob zum Zeichen des Abschieds die Hand und eilte seiner davonmarschierenden Dreiergruppe nach.

Der Blumenhagel vom Balkon hatte ausgesetzt,

aber nun begann er von neuem. Die Reihen der Zünfter, die sich soeben formiert hatten, stolperten wieder durcheinander, und jedermann blickte nach oben, dorthin, von wo die Geschosse geflogen kamen.

In diesem fröhlichen Chaos fiel es niemandem auf – auch Frühauf hätte es beinahe übersehen –, daß Pfarrer Sprecher sich plötzlich nach vorn krümmte und die Blumen fallen ließ. Vier Arme aufmerksamer Zuschauer fingen ihn auf. Frühauf schoß ein Bild nach dem anderen: Pfarrer Sprecher, wie er gestützt werden mußte. Wie Arme ihn aus den Reihen der Zünfter zogen. Wie die Zünfter im Festglück sich nicht nach ihm umdrehten. Wie die Zuschauerwand sich öffnete und wieder schloß. Und wie der Pfarrer darin wie in einem See verschwand.

Von den Zünftern schien niemand etwas bemerkt zu haben. Der Zugschef kam gelaufen und bedeutete, man solle sich wieder einreihen. Der Blumenregen vom Balkon hatte sich erschöpft. Uta Restelberg setzte den Hut auf, und Frühauf boxte sich einen Weg durch die Zuschauerreihen vor ihm, schlängelte sich zwischen der nächsten Zunft, der siebten im Zug, hindurch auf die andere Straßenseite und bat dort die Zuschauer, ihm Platz zu machen. Er kam gerade noch rechtzeitig, als zwei Sanitäter den Pfarrer auf die Bahre legten und mit ihm hinter den Zuschauerreihen in Richtung Central rannten, wo die Ambulanz stand. Niemand achtete darauf. Alle Aufmerksamkeit galt den nachrückenden Zünften.

Frühauf folgte den Sanitätern. Die Hecktür der Ambulanz stand offen, die Bahre wurde hineingeschoben. Frauenfelder kletterte hastig in den Wagen, und bevor der eine der beiden Sanitäter die Tür zuschlagen konnte, zwängte sich auch Frühauf noch hinein, und da Frauenfelder sagte: »Du bist also auch auf dem Quivive«, ließ der Sanitäter es geschehen. »Hier wird aber nicht fotografiert, verstanden«, brummte er.

Der Wagen fuhr an. Neben dem Kopf des Pfarrers saß ein Arzt.

»Was ist?« fragte Frühauf leise.

»Ein Schuß«, antwortete Frauenfelder laut.

Jetzt stellte der Fahrer die Sirene an, und man verstand im Wagen kaum noch das eigene Wort.

»Schwer verletzt?«

Anstatt von Frauenfelder kam die Antwort vom Arzt, und sie war trotz der heulenden Sirene genau zu verstehen: »Tot.«

Auch der Fahrer hatte sie gehört. Er stellte die Sirene ab und fuhr langsamer. Schließlich hielt er an, drehte sich nach hinten und fragte: »Wohin? Ins Unispital oder gleich in die Gerichtsmedizin?«

»Rechtsmedizin«, korrigierte der junge Arzt.

»Wohin also?« wollte der Fahrer wissen.

»In die Uniklinik«, rief Frauenfelder, »und fahren Sie endlich!« Woraufhin der Fahrer die Sirene wieder anstellte.

»Doch nicht tot?« schrie Frühauf.

»Mausetot, sagt er«, schrie Frauenfelder zurück und zeigte auf den Arzt. »Aber die Uniklinik ist näher, und wer weiß.«

Sie brauchten den Pfarrer vor der Notaufnahme nicht aus dem Wagen zu heben. Ein Oberarzt stieg hinein, schob mit dem Daumen einen Augendeckel nach oben, leuchtete mit einer dünnen Stiftlampe in die Pupille. Dann zog er Sprecher das weiße Leintuch über das Gesicht und bestätigte beim Herausklettern, daß der Mann tot sei. Erschossen.

»Direkt ins Herz, wie es aussieht«, sagte er.

»Dann doch ab in die Gerichtsmedizin«, brummte der Fahrer.

Frühauf und Frauenfelder waren ausgestiegen und ließen den Wagen fahren.

»Und jetzt?« fragte Frühauf.
»Jetzt muß man es seiner Frau sagen.« Frauenfelder fuhr sich mit der Hand über die Stirnglatze.
»Wir?«
»Ich natürlich.« Es klang wie: »Immer bleibt es an mir hängen.«
»Soll ich an deiner Stelle?« fragte Frühauf.
»Das würde dir gerade passen! Womöglich mit Bildern. ›Die Polizei ist zu feig. Die Presse muß die tragische Nachricht überbringen‹ oder so.«
»Hab ich jemals so etwas über dich geschrieben?«
»Du vielleicht nicht. Aber es gibt genug andere, die nur darauf warten.«
»Ich sehe hier keine andern. Kann ich wenigstens mitkommen?«
»Kannst du nicht. Du hältst dich schön bedeckt, bis ich der Witwe die Hiobsbotschaft gebracht habe, sonst kriegst du's mit mir zu tun.«
»Du gehst gleich jetzt zu ihr?«
»Zuerst ins Büro, dann zu ihr«, sagte Frauenfelder.
»Und was geschieht mit dem Sechseläuten?«
»Was soll damit geschehen? Es geht weiter. Du tätest uns allen einen großen Gefallen, wenn du

nicht zu schnell ausposaunen würdest, was passiert ist. Heute abend ist es noch früh genug, und du hast ja deine Story so oder so.«

Frauenfelder winkte eines der Taxis herbei, die vor der Universitätsklinik warteten, und fragte herablassend: »Kann ich dich irgendwohin mitnehmen?«

»Nein danke, ich gehe zu Fuß. Habe einiges zu verdauen.«

»Meinst du, ich nicht?« sagte Frauenfelder beim Einsteigen.

Frühauf schaute dem Taxi nach. Er hatte Frauenfelder nicht gesagt, daß er Sprechers Frau kannte. Wie er viele kannte, nicht näher, aber immerhin. Sie war eine Klasse über ihm ins Freie Gymnasium gegangen. Seine Eltern hatten ihn, zähneknirschend und über die Kosten klagend, dorthin geschickt, weil er in der Kantonsschule versagt hatte. »Begabt, aber faul und unfähig zu systematischem Lernen«, hatte das einhellige Urteil der Lehrer gelautet. Da seine Mutter ihn jedoch gern als Mediziner gesehen hätte, mußte er an die teure Privatschule wechseln. Es stellte sich aber schnell heraus, daß es eine Fehlinvestition war. Vergeblich warteten alle darauf, daß er, wie sie sagten, endlich merke, was es geschlagen habe. Ein knappes Jahr, und er flog kurz vor der Matura hinaus und hatte seither für Schulen nicht mehr viel übrig.

Esther Weber war eine unscheinbare, fleißige, brave Schülerin gewesen. Ihre Mutter kam aus einer der alten, erzreformierten, reichen, geizigen Kaufmannsfamilien, einem Kernstück der zürcherischen Aristokratie, und hatte unter ihrem gesellschaftlichen Niveau geheiratet, nämlich einen Beamten des kantonalen Steueramtes. Da dieser nicht einmal eine akademische Ausbildung besaß und also auch keinen vorzeigbaren Titel, setzte sie ihren Ehrgeiz daran, daß – wenn nicht sie – so doch ihre Tochter einen studierten Ehemann bekommen sollte. Der sich denn auch fand. Esther lernte noch vor der Matura auf einem Treffen der Jungen Kirche den Theologiestudenten Wilfried Sprecher kennen, und sie heirateten, kaum daß Sprecher das Studium abgeschlossen hatte.

Frühauf hatte sie damals aus den Augen verloren; sie hatte ihm auch vorher nicht in die Augen gestochen. Er hörte erst wieder von ihr, als der Ehemann an eine der vier alten Kirchen des Zürcher Stadtzentrums gewählt wurde und Frühauf etwas darüber schreiben sollte. So traf er Frau Pfarrer Sprecher wieder und erinnerte sich, und sie erinnerte sich auch dunkel, gab ihm aber sofort zu verstehen, daß sie ihn, den freiberuflichen Journalisten mit dem nicht ganz makellosen Ruf, deswegen noch lange nicht zu ihrem Bekanntenkreis zählen würde. Er hatte es ihr nicht übel genommen.

Ihren Mann hielt Frühauf für nicht sonderlich intelligent, aber ehrgeizig. Er hatte die Stelle im Stadtzentrum unbedingt haben wollen und viel daran gesetzt, sie zu bekommen. Er war Zünfter und Mitglied der vornehmsten hiesigen Sektion eines amerikanischen Clubs. Bei manchen galt er als gebildet, während Leute, denen Frühauf ein profunderes Urteil zutraute, ihn eher einen geschwätzigen Schönredner und geistigen Schaumschläger nannten, der sein Mäntelchen nach dem Wind hing. Seine Predigten hatten etwas von aufgeblasenen Ballons, die nirgends angebunden waren; Frühauf hatte ihn bei einigen Prominentenbegräbnissen reden hören.

Nun also war der Herr Pfarrer tot. Es mußte seiner Frau mitgeteilt werden, und Frauenfelder hatte es sich vorbehalten. Aber, dachte Frühauf, immer noch vor der Universitätsklinik stehend,

wie konnte der wissen, wo er Esther Sprecher fand? Zu Hause, in dem großen klassizistischen Pfarrhaus, das wie ein Schloß auf das Gewimmel der Altstadtgiebel herunterschaute? Dann kannte Frauenfelder Esther Sprecher geborene Weber schlecht! Zünftersfrau mit Begeisterung, die sie war, saß sie am Sechseläutennachmittag bestimmt nicht daheim.
Eilig lief Frühauf zwischen Universität und Polytechnikum hindurch und den Berg hinunter und läutete am Pfarrhaus. Wie erwartet, war niemand zu Hause. Er blieb am Gartentor stehen und überlegte. Wo konnte Esther Sprecher anzutreffen sein?
Nur im Zunfthaus. War man über fünfzig wie sie und hatte vierzig oder mehr Sechseläuten hinter sich, fing man an, Menschenaufläufe zu meiden. Sie würde kaum zur Sechseläutenwiese gehen, um dort im ausweglosen Gedränge zuzuschauen, wie der Böögg unter dem Jubel der Menge verbrannte. Sie kannte das zur Genüge. Eher hatte sie einen Tisch für sich und ein paar Freundinnen im Erdgeschoß des Zunfthauses reservieren lassen, und während die Herren, vom Schauplatz des Feuertodes zurück, oben auf der Stube tafelten, würden die Damen es unten tun.

Das Gerenne mit den Blumen würde sie erschöpft haben. Warum sollte sie also nicht schon jetzt ins Zunfthaus gegangen sein, einen Aperitif trinken und dort warten, bis die Zunft vom Sechseläutenplatz heimkam?
Wenn das Zunftspiel vor dem Haus aufmarschierte, würde sie hinausgehen, ihrem Mann die vielen Blumen abnehmen, ihn fragen, ob er's schön gehabt und wen alles er getroffen habe, ihm einen Kuß geben und guten Appetit wünschen. Dann würde die Zunft zwischen den für den Abend bereitgestellten Laternen die Treppe hinaufsteigen und sie sich in den Kreis ihrer Freundinnen setzen. Sie würden dasselbe essen, was auch oben aufgetragen wurde, und Zunftwein dazu trinken, weißen Riesling Sylvaner zur Vorspeise, roten Clevner zum Hauptgang. Und wenn sie beim Dessert waren, würde ihr Mann zu ihr herunterkommen wie andere Zünfter auch zu ihren Frauen, erzählen, wer von den Ehrengästen eine gute und wer eine miserable Rede gehalten hatte, und mitteilen, welche drei Zünfte die eigene beim abendlichen Auszug besuche. Gegen neun Uhr, wenn es schon dunkel war, würde sich die Zunft vor ihrem Haus aufstellen, mit der Fahne, der großen Laterne und den kleinen Later-

nen mit den Familienwappen der Zünfter darauf. Dann würde Frau Sprecher hinaustreten und ihrem Mann und seinen Freunden einen schönen Auszug wünschen. Erst dann würde sie nach Hause gehen. Vorher war sie, eine richtige Zünftersfrau, zu Hause nicht anzutreffen.
Aber sie würde ihren Mann nicht finden. Erst wenn die Zunft von der Verbrennung des Bööggs ins Zunfthaus zurückkam, würde sie erfahren, was geschehen war.

Im Zunfthaus war noch niemand.
»Frau Pfarrer Sprecher hat einen Tisch reservieren lassen«, sagte Frühauf auf gut Glück zu der Kellnerin.
»Auf der andern Seite des Treppenhauses, runder Tisch hinten links. Der Herr wartet schon.«
Der Herr war Frauenfelder, der an dem runden Tisch hinten links saß und Mineralwasser trank. Er war so wenig begeistert von Frühauf wie Frühauf von ihm.
»Die gleiche Idee gehabt«, knurrte er.
»Scheint so.«
»Du hast sie noch nicht gesprochen?«
»Wie käme ich dazu – vor der Polizei!« heuchelte Frühauf durchsichtig.

»Hier trifft man sie am ehesten, das heißt –«
»Wenn sie noch nichts weiß.«
Frauenfelder schnaufte laut. »Solche Dinge erfahren die Angehörigen meistens zuletzt.«
Die Kellnerin kam. Frühauf war in Versuchung, ein großes Bier zu bestellen. Erst jetzt merkte er, was für einen höllischen Durst er hatte. Aber dann fand er, es passe nicht zur Situation, sehe womöglich so aus, als hätten sie es sich beim Warten auf die Witwe gemütlich gemacht. Also ließ er auch ein Mineralwasser kommen.
»Du kannst hier aber nicht sitzen bleiben«, sagte Frauenfelder. »Ich muß allein mit ihr reden.«
»Kann mir jemand verbieten, an diesem Tisch zu sitzen?«
»Frühauf, sei vernünftig. Setz dich meinetwegen dort drüben hin, aber unsichtbar. Sieht sonst aus, als lauere der Geier schon auf die Beute. Und wart bitte, bis sie es von mir gehört hat.«
»Mußt du das oft?«
»Was?«
»Solche – äh – Nachrichten überbringen?«
»Hin und wieder.«
»Und wie macht man das? Fällt man mit der Tür ins Haus, oder bereitet man zuerst das Gelände vor?«

»Je schneller, desto besser. Nur keine langen Einleitungen.«

»Dazu fällt mir einer ein. Kennst du den? Füsilier Müller ist bei einer Übung im Wiederholungskurs aus Versehen erschossen worden. Jemand muß es seiner Frau mitteilen. Der Kommandant drückt sich, der Zugführer drückt sich auch. Man schickt den jüngsten und dümmsten Korporal. Er klingelt. Heraus kommt Frau Müller. ›Sind Sie die Witwe Müller?‹ fragt der Korporal. ›Ich heiße Müller‹, sagt die Frau, ›aber Witwe bin ich nicht.‹ Darauf der Korporal: ›Was wollen wir wetten?‹«

»Haha«, machte Frauenfelder langsam und giftig, ohne eine Miene zu verziehen. »Du versuchst, Zeit zu schinden. Pack jetzt dein Wasserfläschchen und verdufte. Ich will dich hier nicht sehen, bis ich meine Nachricht losgeworden bin.«

Frühauf hatte nicht im Sinn, sich zu beeilen, aber plötzlich machte er sich zu Frauenfelders Erstaunen schnell davon. Ihm war nämlich Stelze eingefallen. Stelze, den er über dem Schuß auf Sprecher völlig vergessen hatte. Großartiger Rechercheur, beschimpfte er sich im Hinausgehen selber.

In den Gassen wimmelte es wieder von fotografierenden Touristen und Schlachtenbummlern. Sie drängten alle in eine Richtung, zur Sechseläutenwiese, um den Böögg brennen zu sehen. Über der Stadt schwebte die Klangwolke des Sechseläutenmarsches und ein dünner Geruch von Bratwürsten. Frühauf lief gegen den Strom und sah niemanden.

Die beiden Securitaswächter hatten ihren Posten vor dem eingehüllten Umbau verlassen. Frühauf schlüpfte unter dem Verbotsschild durch einen Riß in der Kunststoffverkleidung hindurch. Es roch nach altem, mürbem Gemäuer und frischem, feuchtem Zement.
Es war dunkel im Erdgeschoß, so dunkel, daß man das Loch im Boden leicht übersehen konnte. Ein rundes Loch im Beton, durch das wohl eine Wendeltreppe in den Keller hinuntergeführt werden sollte. Sie fehlte noch. Üblicherweise war das Loch sicher mit den zusammengenagelten Brettern bedeckt. Jetzt waren sie jedoch beiseite geschoben worden. Beinahe wäre Frühauf in den Keller hinabgestürzt. Wie der andere, der schon unten lag, bizarr verzerrt, immer noch die Griffe der Krücken fest umklammert. Aber die

Krücken nützten ihm nichts mehr. Frühaufs Augen hatten sich an das Dämmerlicht gewöhnt, und er sah gleich, daß Stelze tot war.
Er war selbst erstaunt, mit wie wenig Erstaunen er dies feststellte. Er beugte sich über das Loch, blickte hinunter und mußte aufpassen, daß er nicht das Gleichgewicht verlor. Dann schoß er mit Blitzlicht ein halbes Dutzend Bilder. Er suchte nach einer Möglichkeit, zu der Leiche in den Keller zu gelangen, aber bevor er sie gefunden hatte, sagte er sich, daß es besser sei, wenn er oben blieb. Für Stelze kam jede Hilfe zu spät, und er hatte die Bilder, die er vielleicht brauchen konnte.
Stelze schien außer den Krücken nichts bei sich zu haben. Kein Gewehr, kein Zielfernrohr, kein Futteral. Also war alles noch oben? Wenn Stelze der Schütze war, würde er nach dem Schuß auf Pfarrer Sprecher alles stehen und liegen gelassen haben, so schnell er konnte, die Treppe hinuntergestelzt sein und in der Dunkelheit nicht darauf geachtet haben, daß die Bretter über dem Loch im Boden beiseite geschoben worden waren. Und war ins Leere gestürzt. Wenn er geschrieen hatte, hatte man es draußen bei dem festlichen Lärm nicht gehört. Auch die beiden Wächter nicht.

Wer aber hatte die Bodenbretter entfernt? Jemand, der wußte, daß Stelze hier war. Ob Schütze oder nur Zuträger, er sollte aus dem Weg geräumt werden. Der alte Säufer war ein zu großes Risiko. Wer konnte garantieren, daß er nicht plauderte, wenn er betrunken war? Jedenfalls war Stelze in den Mord an Sprecher verwickelt, sonst hätte er jetzt nicht dort unten gelegen. Wer aber hatte Sprecher umbringen lassen?

Schön der Reihe nach, sagte Frühauf zu sich selber. Als erstes mußte er nachschauen, ob die Waffe noch oben lag. Das würden Bilder werden! Die Tatwaffe am Tatort.

Er stieg in dem engen Treppenhaus die nackten Betonstufen hinauf. Der Umbau war noch roh, die Wände unverputzt, das Parkett noch nicht verlegt, Türen und Fenster nicht eingehängt. Gefiltert durch die Kunststoffverkleidung drang der Lärm von Marschmusikfetzen, Geschrei, Motorengebrumm, Pferdegetrampel, Kindergekreisch herein. Der Schluß des Umzugs marschierte das Limmatquai hinauf, und in seinem Rücken entstand eine kleine, verlegene Windstille, bevor die Menge wie ein zurückfließendes Meer auf die Straße strömte.

Frühauf stieg bis ins Dachgeschoß hinauf und

kletterte auf das Gerüst hinaus. Was früher an solchen Gerüsten ehrliche dicke Bretter gewesen waren, war jetzt gelochtes Metall, sah unstabil aus und ließ einen bis nach unten hindurchblicken. Und es bewegte sich im frühlingshaften Wind leicht hin und her. Oder waren es nur die Plastikbahnen, die den Eindruck gefüllter Segel machten?

Er fand kein Gewehr, kein Zielfernrohr, nichts, nicht einmal eine einzige Patronenhülse. Was er fand, war ein Riß im Abdeckstoff, weiter nichts. Vielleicht würde die Spurensicherung daran winzige Verbrennungsspuren finden und auf dem Metallrost Gewebefasern von Stelzes Hosen. Er sah nichts.

Beim Hinuntersteigen zerkratzte er sich am Beton das Oberleder seiner Schuhe. Im Erdgeschoß umschloß ihn wieder das Dunkel und machte ihn für einen Augenblick blind. Er suchte einen Ausgang zur Limmatseite hin, kroch gebückt und vorsichtig, um möglichst keine Spuren zu hinterlassen, unter dem Gerüst durch und fand tatsächlich eine kleine, keck messingrot blitzende Patronenhülse zwischen verschüttetem Zement und Resten von Abdeckmaterial. Er rührte sie nicht an. Sollte die Polizei sie finden; die mußte ja auch noch etwas zu tun haben.

Er warf noch einmal einen Blick durch das runde Loch in den Keller hinunter, wo Stelze seine Lage nicht verändert hatte. Als beharre er darauf, aufzustehen und wegzugehen, hielt er seine Krücken fest umklammert.

7
Abweichung von der Route

Wie von einem Magnet angezogen, liefen alle limmataufwärts, zur Sechseläutenwiese, um dabeizusein, wenn der Schneemann explodierte, und auf die Minute genau zu beobachten, wie lang das dauerte. Pünktlich um sechs Uhr würde der Holzstoß von städtischen Arbeitern angezündet werden, und je nachdem, wie kurz oder lang der Böögg den Flammen widerstand, kam der Frühling schnell oder langsam.

Frühauf mußte wieder einmal gegen den Menschenstrom schwimmen. Allmählich wurde das Gewühl jedoch schwächer, am Central verkehrte schon wieder das Tram. Zwei Streifenwagen der Polizei bahnten sich im Schrittempo einen Weg durch die Leute. Bald würden sie Anhaltspunkte haben, woher geschossen worden war.

Auf dem Balkon des Restelbergschen Hauses waren die leeren Blumenkörbe beiseite geräumt.

Alles verschossen. Uta Restelberg drehte gerade der Straße den Rücken zu und ging ins Zimmer zurück, die andern folgten. Das Mädchen stellte die Stühle zusammen. Die Balkontür blieb offen. Gleich hinter dem Limmatquai waren die Gassen und Straßen leer. Frühauf brauchte nicht zu warten, bis die Verkehrsampel auf Grün schaltete. Heute gab es hier um diese Zeit kaum Verkehr. Das Pfarrhaus stand hoch über der Altstadt in einem großen Garten voll alter Kastanien und Apfelbäume. Zur Feier des Sechseläutens war es mit Fahnen geschmückt, vorn heraus die Schweizerfahne, auf der Seite gegen die Gasse die Fahne der Zunft, der der Pfarrer angehörte. Frühauf war sicher, daß die Fahnen auch morgen noch dort hingen. In der Trauer würde niemand daran denken, sie hereinzuholen.

Er wollte eben die steile, gepflasterte Gasse hinaufsteigen, als oben das Gartentor quietschte. Frauenfelder kam ihm entgegen. Er mußte wohl Sprechers Witwe vom Zunfthaus heimbegleitet haben. Frühauf blieb stehen und wartete auf ihn.

»Willst du schon zu ihr?« fragte Frauenfelder, und Frühauf hörte den Vorwurf der Rücksichtslosigkeit heraus.

»Beruf ist Beruf. Meinst du, sie erträgt es nicht?«

»Ich weiß nicht«, sagte Frauenfelder.
»Oder erzählst du mir etwas? So könnte ich ihr die Belästigung ersparen.«
»Nicht jetzt. Vielleicht später.«
»Dann muß ich halt doch zu ihr hinauf.«
Schon im Weitergehen sagte Frauenfelder: »Versprich dir nicht zuviel. Ich glaube, es ist eine einfache Geschichte, nichts Verwickeltes. Und kaum nahrhaftes Futter für euereins.«
»Wenn ihr das sagt, werden wir besonders hellhörig.«
»Diesmal lohnt es sich sicher nicht«, rief Frauenfelder über die Schulter zurück.
Er hoffte, daß er hereingebeten würde, und er hatte Glück. Frau Sprecher selbst öffnete die Haustür. Es war ihr anzusehen, daß sie geweint hatte. Aber sie hatte sich wieder gekämmt, das leichte Make-up in Ordnung gebracht und ein schwarzes Kleid angezogen. Offensichtlich hatte sie sich in der Hand. Sie lächelte Frühauf freundlich entgegen, wie es als Frau eines Pfarrers ihre Gewohnheit war, und es fehlte wenig, dachte Frühauf, daß sie »Freut mich« gesagt hätte.
»Mein Name ist Frühauf, ich –« Er stotterte ein wenig. Sie unterbrach ihn.

»Wir kennen uns doch, Herr Frühauf. Kommen Sie herein.«
Sie fragte nicht, mit welcher Absicht, in wessen Auftrag er zu ihr kam. Sie ließ ihn eintreten und schloß hinter ihm die Tür.
»Ich gehe gleich voraus«, sagte sie.
Sie war nicht mehr schlank, was nicht sofort auffiel, da sie ziemlich groß war, fast so groß wie Frühauf. Sie hatte noch immer schönes, inzwischen graubraunmeliertes Haar, das hinten zusammengenommen und aufgesteckt war, nicht zu streng und nicht zu locker. Frühauf stellte sich vor, wie ihr die Tränen übers Gesicht geflossen waren, als Frauenfelder ihr im Zunfthaus den Tod des Mannes mitteilte, wie sie nach den näheren Umständen gefragt und wie sie dann aufgestanden war und gesagt hatte, sie wolle jetzt nach Hause gehen. Frauenfelder hatte sie begleitet.
Das Wohnzimmer, in das sie ihn führte, hatte etwas Offizielles; nichts lag herum, was die Hausbewohner verriet. Hier wurden Gäste empfangen, und die Gäste in einem Pfarrhaus waren meistens Leute, die um Rat oder um Geld baten. Es war ein hoher Raum, Stukkaturen an der Decke, reihenweise Bücher an den Wänden und gepfleg-

te Möbel, Biedermeier. Frau Sprecher bat Frühauf, Platz zu nehmen, und setzte sich ihm gegenüber in die Ecke eines Kanapees.
»Herzliches äh – also ich kondoliere herzlich.«
Kaum war der Satz heraus, fragte sich Frühauf – wie jedesmal, wenn er ihn gebrauchte –, ob er nicht in der Verwirrung »gratuliere« gesagt habe. Aber das hätte auf dem Gesicht der Frau ihm gegenüber einen entsetzten Ausdruck hervorgerufen; davon war nichts zu sehen. Sie senkte die Augen, aber sie weinte nicht.
»Es ist schrecklich«, sagte Frühauf, weil er das Schweigen fürchtete.
»Ja, es ist schrecklich«, wiederholte sie, »aber wir müssen annehmen, was uns geschickt wird. Es hat alles seinen tieferen Sinn.«
Natürlich sagte er nicht, daß er das Wort Sinn in solchen Zusammenhängen haßte und daß er den Sinn noch nie angetroffen habe. Er nickte und heuchelte Verständnis.
Sie hob die Augenbrauen und schaute ihn an. »Sie sind doch von der Presse.«
Es war ihm peinlich, ja sagen zu müssen, und er fürchtete, sie würde ihn mit dem Unterton eines moralischen Vorwurfs in der Stimme freundlich, aber bestimmt abwimmeln.

Statt dessen fragte sie zu seiner Überraschung ganz sachlich: »Welche Zeitung?«

»Ich bin freischaffend.«

Wahrscheinlich hätte sie lieber gehabt, er wäre von der Redaktion einer großen Tageszeitung gekommen. Da sie ihm ein wenig enttäuscht zu sein schien, beeilte er sich hinzuzufügen: »Manchmal schreibe ich auch für den Tages-Anzeiger oder die NZZ.« Das, merkte er, befriedigte sie schon eher.

»Es ist nur so«, sagte er, »daß ich es gesehen habe.«

»Gesehen?«

»Ich stand am Limmatquai, als es passierte, genau auf seiner Höhe.«

»Sie haben den Schuß gehört?«

»Nicht den Schuß gehört, das war bei dem Lärm unmöglich, aber gesehen, wie –«. Er zögerte. Er wollte nicht ihre Gefaßtheit zerstören. Aber sie war stärker, als er dachte.

»Ja?« drängte sie ihn zum Weiterreden.

»Ich habe gesehen, wie er sich krümmte.«

Sie faltete die Hände im Schoß und senkte die Augen. »Erzählen Sie.«

Er versuchte, genau zu beschreiben, was er gesehen hatte, und daß ihr Mann wahrscheinlich

schon tot gewesen sei, als er in die Ambulanz geschoben wurde.
Sie hörte zu, die Augen auf die gefalteten Hände gerichtet. Dann sagte sie: »Ja, Herr Frauenfelder meint auch, daß er da schon tot war. Er muß noch auf der Straße gestorben sein. Sie haben nicht gesehen, woher der Schuß kam, oder sogar – wer geschossen hat?«
Er hütete sich, etwas von Stelze zu sagen. Nein, er habe nichts gesehen, könne sich jedoch vorstellen, daß der Schütze im Umbau hinter der Verkleidung gelauert habe, aber da sei wegen der Spiegelung des Sonnenlichts nichts zu erkennen gewesen.
»Er hat Drohungen bekommen«, sagte sie.
Frühauf ließ nicht erkennen, daß er etwas davon wußte.
»Drohbriefe.«
»Weiß man, von wem?«
»Nein. Aber es muß jemand sein, der ihn haßt. Wir vermuten, ein Bettler. Einer, den er abgewiesen hat. Es kommen sehr viele an unsere Haustür, müssen Sie wissen. Und wenn Sie einem etwas geben, kommt er immer wieder und zieht einen Rattenschwanz von neuen nach sich. Deshalb wurden wir mit der Zeit zurückhaltender.

In den ersten Jahren gaben wir und gaben, und es kamen immer mehr. Wir mußten etwas dagegen tun. Wir glaubten nun nicht mehr jede Geschichte und taten auch nicht, als würden wir sie glauben. Manchmal öffneten wir die Tür gar nicht, und wenn mein Mann sie öffnete, schickte er viele weg. Dabei kam es häufig zu häßlichen Szenen vor der Haustür, und hie und da mußte er sogar mit der Polizei drohen, damit diese aufdringlichen Menschen uns in Ruhe ließen.«

»Waren es Leute aus dem Quartier?« fragte Frühauf.

»Die wenigsten. Die aus dem Quartier weist er nie ab.« Sie merkte den Fehler und korrigierte sich: »Hat er nie abgewiesen. Aber die konnte man an einer Hand abzählen. Die anderen waren Leute von irgendwoher, häufig Touristen. Die sagten dann: ›Ich bin auf der Durchreise von Florenz nach Hamburg. Das Geld ist mir ausgegangen. Könnten Sie mir eine Spende geben?‹ Und taten, als ob sie ein Recht darauf hätten, und waren entrüstet, wenn man nicht dieser Ansicht war.«

»Es gab auch eine Art Dauerkunden?«

»Ja. Die kamen in regelmäßigen Abständen und rechneten einem vor, daß sie das letztemal schon nichts erhalten hätten und daß es sicher zwei Monate her sei, seitdem sie hier gewesen seien, und daß man jetzt doch –. Es kann schon sehr lästig sein.«

»Sie kannten diese Dauerkunden auch?«

»Gewiß kannte ich sie.«

»Ich kenne zwei oder drei in der Gegend, die von solchen Betteleien leben«, sagte Frühauf. »Sie tragen alle Spitznamen. Flotsch heißt der eine, Stelze der andere, und einen nennen sie den Igel, weil er Haare wie Igelstacheln hat.«

»Kenne ich alle«, sagte Frau Sprecher.

»War einer von denen in letzter Zeit hier, und hat ihr Mann ihn vielleicht weggeschickt, ohne ihm etwas zu geben?«

»Weggeschickt hat er sie in letzter Zeit alle drei und noch viele andere dazu.«

»Und gab es mit einem besonders Ärger?«

»Geschimpft hat jeder, der nichts bekam.«

»Wurde einer ausfällig und hat gedroht?«

»Stelze. Der hat mit der Faust gedroht und zu meinem Mann gesagt, er sei ein Dreckskapitalist, der Teufel solle ihn holen.«

»Und was sagte Ihr Mann darauf?«

»Es war nachts um zwei, müssen Sie wissen. Stelze läutete Sturm. Er war betrunken. Er habe trotz der Krücken kaum mehr stehen können, sagte mein Mann. Er schaute nur aus dem Fenster im ersten Stock und wies ihn weg. Und als Stelze den Finger nicht von der Hausglocke nahm und in aller Lautstärke fluchte, rief mein Mann hinunter, er brauche überhaupt nicht mehr zu kommen. Er werde in diesem Haus nie mehr etwas erhalten.«

»Womit Ihr Mann sich Stelze für immer zum Feind gemacht hat.«

»Das sagte er auch. Jetzt gibt es einen, sagte er, der mich haßt. Diese Leute hätten keinen Halt, und eigentlich könne ihnen nur der Haß einen Halt geben. Nun sei er eben Stelzes Halt.«

»Heißt das, Ihr Mann glaubte, daß die Drohbriefe von Stelze kamen?«

»Er war sich sicher. Deshalb nahm er sie nicht ernst. Stelze sei ein Schwätzer, sagte er. Ein leidenschaftlicher Hasser mit Worten, aber nicht mit Mordtaten.«

»Immerhin ging er mit den anonymen Briefen zur Polizei.«

»Nein, er ging von sich aus damit eben nicht zur Polizei. Keinem Menschen hat er etwas davon gesagt. Aber ich erzählte es meiner Freundin. Sie erzählte es ihrem Mann, der zum selben Club gehört wie mein Mann, Jurist. Er sprach meinen Mann darauf an und überredete ihn, die Briefe der Polizei zu zeigen.«

»Die die Sache ernst nahm?«

»So ernst, daß mein Mann sich ziemlich darüber ärgerte. Er fand, es sei übertrieben.«

»Er fürchtete sich nicht, heute am Umzug teilzunehmen?«

»Nein. Er dachte keinen Augenblick daran, daß so etwas –«. Sie war nahe daran zu weinen und beendete den Satz nicht.

In diesem Augenblick läutete es an der Haustür. Frau Sprecher stand auf, um zu öffnen. Sie kam in Begleitung zweier Damen zurück.

»Frau Professor Meierhans und Frau Doktor Schertenleib«, stellte sie vor.

Frühauf kannte die Damen nicht persönlich, aber er wußte, mit wessen Frauen er es zu tun hatte. Meierhans war einer der führenden Juristen der Zürcher Universität, internationale Kapazität, und Schertenleib war Rektor eines Gymnasiums.

Frühauf war aufgestanden. Er drückte den beiden Besucherinnen die Hand.

Die Witwe des Pfarrers begleitete ihn durch den langen Korridor zur Tür. Er warf im Vorbeigehen einen Blick auf die Bilder. Geschmackvolles Zeug, dachte er. Alte Stiche und klassische Moderne. In einem offenen Zimmer stand ein Flügel, daneben ein Notenständer, als kämen die Flötistin und der Pianist sogleich zurück. Alles zeugte von Wohlhabenheit, Bildung und Geschmack.

»Sie werden aber doch nichts Reißerisches darüber schreiben?« fragte Frau Sprecher, plötzlich vorsichtig geworden, an der Tür.

»Seien Sie unbesorgt.«

Leise sagte sie: »Er würde es nicht schätzen. Und er hätte es nicht verdient.«

8
Der Böögg brennt

Frühauf trat aus der Dämmerung des Pfarrhauskorridors hinaus und mußte die Augen schließen, weil die sinkende Sonne ihm Pfeile mitten ins Gesicht schoß. Die Türme der Stadt deuteten spitzfingrig wie puritanische Prediger in den Himmel. Auf dem globusgroßen Zifferblatt von St. Peter rutschten die Zeiger im abendlichen Goldglanz gegen sechs Uhr. Betzeit. Wenn er die Zünfter noch auf dem Sechseläutenplatz antreffen wollte, bevor sie sich in die verschlossenen Fuchsbauten ihrer Stuben zurückzogen, mußte er sich beeilen.

Er hetzte den Berg hinunter und durch schweigende Gassen und fragte sich schwer schnaufend – Sollte er nicht mit Weichkäse, Weißbrot und Weißwein am Vormittag aufhören? Was der verletzlichen Morgenseele gut tat, machte die Herzkranzgefäße kaputt! –, ob die Geschichte wirklich gelöst sei. Alles paßte nahtlos zusammen, wie maßgeschneidert. Brauchten nur noch die Indizien ausgegraben zu werden, daß Stelze geschossen, daß er mit einem Gewehr aus Bühlers Laden geschossen und daß er den Einbruch bei Bühler gemacht hatte. Dann war der Fall klar.

»Der Fall ist geklärt!« hörte Frühauf rufen, als stehle ihm jemand die Gedanken aus dem Gehirn. Frauenfelder war es, der in entgegengesetzter Richtung an ihm vorbeilief. »Stelze ist gefunden worden, tot!«

Frühauf kam sich vor wie ein Lehrling, der ein Drahtseil spleißen soll, aber aus dem einen Ende schauten zu viele Drähte heraus. Wenn er sich nicht täuschte, war Frauenfelder gerade dabei, die Zange zu nehmen und entschlossen die überzähligen Drähte abzuzwacken. Er selber war versucht, dasselbe zu tun. Aber die Drahtenden hatten sich ihm schon in die Finger gebohrt und steckten fest drin und brannten. Frauenfelders Geschichte ging zu glatt auf. Wenigstens ein paar Fragen wollte Frühauf noch los werden, bevor er vor dem Schwergewicht der Tatsachen und der Walze der Logik kapitulierte. Also auf den Sechseläutenplatz und keine Zeit versäumt!

Das war schneller gedacht als getan, denn der Platz zwischen Oper und Bellevue war hoffnungslos überfüllt. Vollgestopft wie eine riesige Sardinenbüchse. Fensterbänke, Balkone, Zinnen, alles dicht besetzt. Junge Leute saßen auf den Bäumen. Und immer noch drängten unzählige Menschen nach, über die Quaibrücke und von der Rämistraße her, um den brennenden Böögg zu sehen. Noch hatte es vom St. Peterturm nicht sechs Uhr geschlagen. Noch stand der weiße Wintersmann einsam in der Mitte des Platzes auf dem Holzstoß und wartete regungslos auf die Exekution. Er schaute zur Altstadt hinüber, als wollte er selber feststellen, wie spät es inzwischen sei.

In sicherem Abstand hatten sich die Zünfte rings um den zum Tod Verurteilten aufgestellt. Man wartete im Niemandsland zwischen Winter und Frühling. Das Gartenbauamt hatte die Wiese mit Holzspänen bestreut, damit das Wasser nicht aus dem Boden hochstieg und den Zünftern nicht in die Schuhe rann. Eben marschierte die letzte Zunft ein, der Kämbel mit seiner großen Reitergruppe schloß den Umzug ab. Die beiden Kamele aus dem Zoo, die jedes Jahr als Wappentiere mitgeführt wurden, hatten vom Asphalt wunde

Füße bekommen und spuckten in die Zuschauerreihen. Vor dem Opernhaus warteten die Reiter; die Pferde konnten nicht mehr stillstehen, weißer Schaum tropfte ihnen aus den Maulwinkeln.
Frühauf mußte kräftig die Ellbogen gebrauchen und viele Zurufe von Bekannten überhören, um vorwärts zu kommen. Die Zunft des Pfarrers stand auf der Seeseite. Als er sich zu den ersten Zünftern durchgeboxt hatte, merkte er schnell, daß sie noch immer nichts Genaues über Sprechers Schicksal zu wissen schienen. Nur der Zunftmeister machte ein Gesicht, als liege ihm ein Stein im Magen. Die anderen nahmen an, Sprecher habe von der Hitze und dem üppigen Mittagessen einen Kollaps erlitten.
»Weißt du etwas über Pfarrer Sprecher?« fragte ein Bekannter Frühauf.
»Nichts«, log Frühauf. Aber dann fragte er zurück: »Kannst du mir sagen, wer neben Sprecher marschiert ist?«
Während dieser nachdachte, schlug es limmatabwärts vom St. Peterturm sechsmal. Die Männer des städtischen Gartenbauamtes zündeten mit Fackeln den Holzstoß unter dem Böögg an.
»Wer marschierte eigentlich neben Wilfried?« fragte Frühaufs Bekannter leise neben ihm ste-

hende Zünfter. Keiner erkundigte sich, warum Frühauf das wissen wollte.
»Also gleich links von ihm«, sagte einer, »war Jean Jacques Edlibach, und vor ihm, glaube ich, Amstad.«
»Ja, Fritz Amstad«, sagte ein anderer.
»Und wer marschierte rechts von Sprecher?« fragte Frühauf weiter.
»Niemand«, hieß es. »Wilfried war der äußerste auf der rechten Seite.«
»Und wo ist Edlibach?«
»Nicht hier«, antwortete Frühaufs Bekannter. »Jean Jacques ist mit Amstad und einigen anderen in den Vorderen Sternen hinübergegangen. Dort sitzt jedes Jahr eine Runde beim Bier zusammen, bis der Böögg brennt.«
Und bei Gerold Restelberg hatte Sprecher gestanden, als er erschossen wurde, dachte Frühauf.
Jetzt wurde die Aufmerksamkeit der Zünfter auf die Mitte des Sechseläutenplatzes gelenkt, denn ihre Reitergruppe umrundete gerade den brennenden Holzstoß. Vorn an der Absperrung schmetterte die kleine Zunftmusik, so laut sie konnte, den Sechseläutenmarsch. Als die Reiter an ihrer Zunft vorübergaloppierten, krachte der

erste Feuerwerkskörper im Rumpf des Bööggs und zerriß ihm den Rücken. Der ganze Platz jauchzte und klatschte. Die Pferde legten die Ohren zurück; eines der Pferde scheute und hätte seinen Reiter beinahe abgeworfen. Er konnte sich unter dem Applaus seiner Zunft gerade noch oben halten und verlor nur den Hut.

»Wer ist Amstad?« fragte Frühauf in die Gruppe der Zünfter hinein.

»Amstad?« kam die Antwort. »Apotheker an der Goldküste. Ein reicher Mann, besitzt eine ganze Reihe Liegenschaften.«

»Seriös?« bohrte Frühauf leiser bei seinem Bekannten nach.

»Wenn du mich fragst: ein Glücksritter, persönlich nicht unsympathisch, aber es geht ihm nur ums Geld. Ginge mir auch so, hätte ich einen derart langweiligen Beruf. Abgepacktes Zeug verkaufen den lieben langen Tag und einkassieren, das ist alles.«

»Daher handelt er mit Liegenschaften, meinst du?«

»Meine ich, ja. Du weißt doch, wie es dabei zugeht. Eine Hand wäscht die andere. Man hat gemunkelt –«

»Was?«
»Ach nichts. Ich will nicht, daß du mich zitierst, hörst du. Schon gar nicht namentlich und gegen einen Zunftfreund, und überhaupt –«
»Versprochen. Was ist?«
»Da war vor ein paar Jahren der Brand in dieser Mühle, oben am Pfannenstiel. Es war ein altes Haus und sollte abgerissen werden, aber der Heimatschutz wehrte sich und bekam recht. Kaum war der Gerichtsentscheid draußen, brannte die Mühle bis auf die Grundmauern nieder. Amstad war der Besitzer, und das Gerücht wollte nicht verstummen, er habe die Hütte angezündet.«
»Er ging sicher nicht mit Streichhölzern hin und zündelte selbst herum.«
»Anzünden lassen, wollte ich sagen.«
Stelze oder einer seiner Kollegen, dachte Frühauf und fragte: »Hat man den Brandstifter gefaßt?«
»Hat man nicht. Und das Gerichtsverfahren ging zu Amstads Gunsten aus. Der Heimatschutz mußte den Schwanz einziehen, und auf den Platz der alten Mühle stellte Amstad ein Haus mit acht exklusiven Wohnungen, die er teuer verkaufte. Aber warum fragst du das? Hört sich an, als seist du am Recherchieren.«

»Ein Journalist ist immer am Recherchieren«, brummte Frühauf vage und sah zu, daß er weiterkam.

»Kennst du Edlibach?« fragte er zwei Zünftergruppen weiter Leo, mit dem er einst in der Journalistenschule gesessen hatte und der inzwischen längst Teilhaber einer sehr erfolgreichen Werbeagentur war.

»Interessanter Mann. Hauptaktionär einer Handelsgesellschaft. Familienunternehmen, das er bis heute leitet. Du weißt schon, eine dieser diskreten Firmen, die außer Insidern niemand kennt, deren Name auf keiner Produktpackung erscheint und die doch überall die Hände mit im Spiel haben. Sein Urgroßvater gründete das Geschäft mit einem Genfer Partner im Zeitalter der florierenden Kolonien. Rousseau & Edlibach. Jean Jacques, der eigentlich Geschichte studiert und darin sogar den Doktor gemacht hat, übernahm vom Vater die Leitung. Vierte Generation. Die nächste steht bereits in den Startlöchern.«

»Las man nicht neulich etwas darüber?«

»Doch doch. Du mußt dir vorstellen, die gingen seinerzeit im Gefolge der Mission nach Afrika und machten horrende Geschäfte und versuchten natürlich, sich mit allen Mitteln zu halten, als die Kolonialzeit vorüber und der Mission die Luft ausgegangen war. Die afrikanischen Staaten wurden unabhängig. Dabei verlor Rousseau & Edlibach viel. Sie hat aber, scheint's, noch immer einige Schürfrechte irgendwo dort unten. Diamanten oder was weiß ich. Der Abbau soll nicht gerade umweltverträglich sein. Gehe auf Kosten eines Stammes, dessen Lebensraum von der United Stones Corporation systematisch kaputt gemacht werde. Stand sogar im ›Spiegel‹. Eine ziemlich schlimme Geschichte. Morddrohungen scheinen dabei noch das Harmloseste gewesen zu sein. Hinter United Stones Corporation steht Rousseau & Edlibach. Sie besitzt die Mehrheit des Aktienkapitals.«

»Ich habe etwas davon gehört«, sagte Frühauf und dachte an das kunststoffverkleidete Haus am Limmatquai. Stelze von einer afrikanischen Befreiungsorganisation oder von fanatischen Naturschützern in Uta Restelbergs Umbau geschickt mit dem Auftrag, Edlibach niederzuschießen? Das glaubte er nun nicht gerade. Aber Trägerdienste in ihrem Sold, warum nicht? Wenn er damit für ein paar Monate ausgesorgt hatte. Stelze, der mit einem Futteral am Sech-

seläutenvormittag eilig durch die Gassen hinkte, fiel weniger auf, als wenn es beispielsweise ein Schwarzer gewesen wäre.
Frühauf sagte »Schönes Sechseläuten« zu Leo. Er hatte drüben in Restelbergs Zunft Oskar gesichtet.
»Kennst du Restelberg?« fragte er leise.
»Welchen?« fragte Oskar.
»Gerold.«
»Es gibt gegenwärtig zwei Gerold Restelberg in unserer Zunft, den Vater, den wir den Junior nennen, weil sein Vater auch schon Gerold hieß, und seinen Sohn aus erster Ehe. Restelberg Sohn sagen wir zu ihm.«
»Ich meine den Vater, also Gerold junior.«
»Ach ja!« sagte Oskar.
»Was heißt ach ja?« fragte Frühauf.
»Weißt, mein Lieber, ich bin manchmal froh, stamme ich nicht aus einer dieser alten und noblen Familien.«
»Du meinst, Gerold Restelberg junior, der Vater, ist dekadent und nicht viel wert?«
»So sage ich das nicht. Er ist eher – ein armer Kerl. Der Vater starb viel zu früh. Und die Mutter hat Haare auf den Zähnen. Alt, aber immer noch sprühend vor Leben und furchtbar tüchtig.

Sie hält die Zügel in den Händen, und als Gerold junior, ihr Sohn, in der Firma nicht brachte, was sie erwartete, warf sie ihn schnurstracks hinaus. Er ließ sich von der Frau, die sie ihm untergejubelt hatte, scheiden, ging nach Amerika jagen, heiratete drüben, brachte eine Frau und einen Sohn mit, deponierte sie hier und verduftete wieder. Nun ist er plötzlich zurückgekommen, und man munkelt, er sei nicht nur bei seiner Mutter unwillkommen. Seine Frau soll einen Liebhaber haben.«

»Und sein Sohn aus erster Ehe?« fragte Frühauf.

»Sechsundzwanzig. Soeben aus England zurück. Hat an der London School of Economics einen Master in Wirtschaft gemacht. Soll mit einem Koffer voll sehr konkreter Pläne heimgekommen sein und Ansprüche auf eine leitenden Funktion in der Firma stellen. Es ist ein offenes Geheimnis, daß er sich als künftigen Chef des Unternehmens sieht.«

»Die beiden –«, sagte Frühauf.

»Nein, die beiden sind wohl nicht besonders gut aufeinander zu sprechen«, nahm ihm Leo das Wort aus dem Mund.

»Und die Alte wird das Machtwort sprechen?«

»Worauf alle gespannt sind«, sagte Oskar. »Den

eigenen Sohn hält sie offensichtlich für eine Niete, und den Enkel soll sie nicht mögen, heißt es. Sie haßt seine Mutter, ihre ehemalige Schwiegertochter.«

Ein anderer Zünfter trat zu ihnen, das Gespräch brach ab.

Es gab Gründe, warum Stelze Pfarrer Sprecher erschießen wollte. Aber es gab noch mehr Gründe, warum jemand am Tod von Amstad oder Jean Jacques Edlibach oder Gerold Restelberg interessiert sein könnte. Frühauf glaubte, daß sich, wenn man nur suchte, bei vielen im Umzug ein Anlaß zum Erschossenwerden finden ließ. Zwar hatte der Schuß direkt ins Herz getroffen, aber es war nicht auszuschließen, daß es das falsche Herz war, daß der Schütze gefehlt hatte und daß nicht Sprecher, sondern Amstad oder Edlibach oder Restelberg das Opfer hätte sein sollen. Ja, wenn es sich Frühauf genau überlegte, dann hatte Sprecher von allen Vieren am wenigsten einen Anschlag auf sein Leben zu befürchten gehabt. Einer, der ihn nicht sehr gut kannte und in dessen Augen die Zunftgewänder alle gleich machten, konnte ihn beim Zielen leicht mit dem Nebenmann verwechseln. Oder hatte man Sprecher abgeknallt, um dem Mann, der links neben ihm oder vor ihm marschierte, zu zeigen, wie ernst man es meinte? Amstad oder Edlibach? Und Restelberg, Gerold junior, der jetzt nach seiner Mutter der Senior war? Er trug nicht das gleiche Gewand wie Sprecher. Die beiden waren nicht so leicht zu verwechseln. Und wie stand sein Sohn aus erster Ehe zu ihm? Hielt er, wie seine Großmutter, Gerold junior für eine Hypothek, die ihm den Weg an die Spitze des Unternehmens versperrte? Stritt man sich zu Uta Restelbergs Lebzeiten bereits um den ersten Platz in Familie und Firma?

Wenn Frühauf alles abwog, fand er es immer denkbarer, daß Sprechers Tod ein Versehen war. Oder das Werk gewalttätiger Erpresser, denen ein Menschenleben nichts galt, wenn sie ein Exempel statuieren wollten. Sprecher, der Theologe, dessen Denken wie alle Theologie vom stellvertretenden Opfer ausging, war nach Frühaufs Meinung selber ein stellvertretendes Opfer geworden.

Mehr als die Hälfte der zünftigen Reitergruppen war nun schon um den Böögg geritten, und immer noch stand der wackere Kerl auf dem Holzrost und wehrte mit seinem Besen kampfeslustig die Flammen ab. Zwar war sein Rücken zerfetzt, sein weißes Kleid geschwärzt und angesengt, die Pfeife hatte er verloren, aber er gab nicht auf, obwohl jedermann wußte, daß er auf verlorenem Posten stand. Es wurde zwanzig nach sechs, bis er richtig Feuer fing. Dann folgte Schlag auf Schlag eine Explosion der andern bis zur wuchtigsten, die den Kopf zersprengte. Der Weidenkorb, der als Hut gedient hatte, flog brennend durch die Luft, und der Wind trug brennende Papierfetzen bis in die Reihen der Zuschauer, die kreischend auseinander fuhren. Frühauf kämpfte sich an erhitzten Zünftern, erschöpften Musikanten, müden Ehrendamen, durstigen Fahnenträgern, Kindern und Zuschauern bis zum Ausgang des Platzes gegen Bellevue und Limmatquai durch. Hier sammelten sich die Zünfte, eine nach der andern, wieder zu geordneten Reihen, um in ihre Häuser zurückzumarschieren, wo das Nachtessen auf sie wartete. Eng nebeneinander würden die Zünfter zum zweitenmal an den langen, weißgedeckten Tischen sitzen, auf denen die Pokale und Schalen aus dem Zunftschatz standen. Sie würden schwitzend und durstig aus den goldenen Bechern trinken, die mit ihrem Namen und Wappen versehen waren, würden zwischen den einzelnen Gängen

den mehr oder weniger witzigen Reden der Ehrengäste zuhören, würden lachen, wenn eine Pointe traf, und buhen, wenn sie danebenging, würden erleichtert klatschen und auf die Tische trommeln, wenn wieder ein Redner geendet hatte, und nach dem Dessert zu Kaffee und Kirsch mit einem langen Streichholz eine dicke Zigarre anzünden.
Das war eine geschlossene Welt. Hier hatte niemand Zutritt, der nicht geladen war, schon gar nicht ein ungebetener Journalist. Also mußte Frühauf sammeln, was er konnte, solange die Zünfte noch unterwegs waren.

Zuerst traf er auf Edlibach von Rousseau & Edlibach.
»Verzeihen Sie. Verrate ich ein Geheimnis, wenn ich Ihnen sage, daß Pfarrer Sprecher angeschossen worden ist?«
Der Mann hieb ihm voll gespielter Entrüstung seine Hakennase ins Gesicht. »Was erzählen Sie da?«
»Sie wissen es doch.«
»Ich weiß von gar nichts!«
»Könnten Sie sich vorstellen, daß nicht Sprecher gemeint war?«

»Sondern wer?«
»Sie, zum Beispiel.«
Der Gedanke war ihm wohl in der letzten Stunde auch schon gekommen, und es war zu spüren, daß er ihn nicht völlig abwegig fand.
»Warum ich?«
»Sie gingen im Umzug direkt neben Sprecher. Und wenn ich so an Ubabaru denke.«
»Was soll die Ermor – äh, der Unfall von Pfarrer Sprecher mit Ubabaru zu tun haben?«
»Immerhin hat der FLU Drohungen verlauten lassen.«
»Wer ist der FLU?«
»Aber bitte!« sagte Frühauf. »Sie sollten mir nicht den Unwissenden vorspielen wollen. ›Front Liberation Ubabaru‹, falls Ihnen das mehr sagt. Der hat mit Gewalt gedroht, und wenn er sie nach Europa tragen müsse, um die Verantwortlichen zur Rechenschaft zu ziehen.«
Edlibach schluckte leer. »Wer sind Sie eigentlich? Und was fällt Ihnen ein, mir solche Fragen zu stellen?«
»Ich bin Journalist.«
»Und für wen schreiben Sie?«
»Mal für die einen, mal für die andern«, antwortete Frühauf.

»Ich will heute ein unbeschwertes Sechseläuten feiern, Mann! Ich komme nicht aus Genf in meine alte Vaterstadt ans Sechseläuten, um von Ihnen belästigt zu werden. Ich lasse mir das Sechseläuten nicht verderben. Hauen Sie ab – oder muß ich deutlicher werden?«
»Haben Sie Schläger engagiert?« fragte Frühauf spöttisch. »Erfahrung damit haben Sie doch, wenn man den Berichten aus Ubabaru glauben kann.«
»Glauben Sie, was Sie wollen, aber lassen Sie mich in Frieden!«

Weiter hinten kam eine Gruppe aus der Zunft der Restelberg, darunter Gerold, Arnikkas Mann. Er war seiner Mutter wie aus dem Gesicht geschnitten.
»Herr Restelberg, Pfarrer Sprecher ist heute während des Umzugs angeschossen worden. Sie haben unmittelbar vor dem Attentat noch mit ihm geredet. Finden Sie es richtig, daß das Sechseläuten weitergeht, als wäre nichts passiert?«
»Das habe ich nicht zu entscheiden. Das ist Sache des Zunftmeisters der betroffenen Zunft.«
»Warum, glauben Sie, ist Sprecher angeschossen worden?«

»Was weiß ich? Ich kenne ihn nicht besonders gut. Er hat beim Begräbnis meines Vaters die Rede gehalten und später meine Frau, meine zweite Frau, und mich getraut. Er erkannte mich, als der Zug am Limmatquai stockte, und kam auf mich zu, um zu fragen, wie es uns gehe.«
»Sie waren lange im Ausland. Nun sind Sie zurückgekommen. Werden Sie die Führung der Firma übernehmen?«
»Kein Kommentar.«
»Wäre es möglich, daß mit dem Schuß gar nicht Sprecher gemeint war, sondern Sie?«
»Ich? Wieso?«
»Sie standen direkt neben ihm.«
»Ich wüßte nicht –« Er hatte bisher nicht daran gedacht. Es war ihm anzusehen. Sein Gesicht brach zuerst in Stücke wie eine Porzellanmaske, wenn man sie fallen läßt. Dann faßte er sich, und in seinen Augen blitzte erkennender Zorn.
»Sie spinnen ja!« rief er und eilte in seiner historischen Verkleidung davon.

Der Apotheker Amstad marschierte am Schluß seiner Zunft.
»Was sagen Sie zum Unfall von Pfarrer Sprecher?« fragte Frühauf.

»Welcher Unfall?«
»Sie wissen nichts? Pfarrer Sprecher ist angeschossen worden. Sie marschierten im Umzug direkt vor ihm. Könnte es sein, daß gar nicht er, sondern Sie –«
»Blödsinn!« rief der Apotheker. »Wer sollte auf mich schießen?«
»Erboste Mieter vielleicht.«
»Ich habe keine erbosten Mieter. Meine Mieter sind ausnahmslos zufrieden. Sehr zufrieden sogar.«
»Soll ich nachfragen?«
»Sind Sie von der Presse? Dann rede ich nicht mit Ihnen.« Weg war er.
Frühauf folgte der Zunft des erschossenen Pfarrers bis vor ihr Zunfthaus. Auf dem Weg dorthin kamen sie am Haus der Restelbergschen Zunft vorbei. Dort wartete Gerold junior, blickte sich um sich, als suchte er jemanden, trat auf Frühauf zu und fragte: »Was Sie da vorhin behauptet haben. Haben Sie Anhaltspunkte dafür?«
»Keine«, sagte Frühauf, »reine Kombination. Nichts als meine Phantasie.«
»Ach so!« Damit verschwand Restelberg in dem weit offenstehenden, mit Blumenkränzen geschmückten Portal.

Da hast du aber ein Feuer angezündet, sagte Frühauf zu sich selbst. Er mußte abwarten und beobachten.

9
Nachtessen mit Reden

Die Altstadt hatte lange die Luft angehalten wie die Lunge eines Tauchers. Jetzt atmete sie wieder; die Gassen waren voller Leute. Die meisten waren schon sommerlich leicht gekleidet. Der Geruch von verbranntem Holz wehte wie eine Fahne über dem Quartier.

Frühauf hatte Hunger. Er wollte jetzt auf dem schnellsten Weg zu Bella und sie bitten, ihm ein schönes rotes Stück Fleisch in Olivenöl zu braten. Um diese Zeit, nach dem Sechseläutenumzug, war die Bar voll lärmender Gäste, die schwatzten, schrien und einander mit den Abenteuern des Tages zu übertrumpfen suchten. Frühauf freute sich auf das Fleisch, den Wein, den Kaffee, die Grappa dazu.

Aber an der Ecke des Zunfthauses zur Schmiden, dort, wo der Rindermarkt von der Marktgasse abzweigt, blieb er stehen. Stelzes Leiche war inzwischen sicher abtransportiert, das Haus von oben bis unten durchsucht worden. Die Polizei hatte sich wahrscheinlich schon wieder zurückgezogen, denn der Fall war ja offensichtlich. Es gab nichts mehr zu suchen und zu finden.

Wirklich nicht? Vielleicht fand er den Haarriß in dieser Klarheit, die ihm nicht zusagte, weil sie zu klar war. Der Wolf in seinem Magen mußte also noch ein paarmal leer schlucken, denn Frühauf eilte, so schnell die durcheinanderlaufenden Leute es zuließen, die Niederdorfstraße hinunter, über die Mühlegasse bis zur Rückseite von Uta Restelbergs umbauverkleideter Altliegenschaft.

Hier war nichts mehr zu sehen. Nichts wies darauf hin, daß heute nachmittag hinter diesen Plastikvorhängen ein Mensch zu Tode gestürzt oder getötet worden war. Keine Polizei. Nur das Schild des Bauunternehmers: »Betreten der Baustelle verboten.«

Es hatte trotzdem Besucher gegeben. Einer kam gerade heraus und knöpfte sich die Hose zu, als Frühauf durch den Riß in der Plastikhülle schlüpfte. Drinnen stank es scharf nach Urin. »Schweinehunde«, fluchte Frühauf. Doch auch er würde ein dringendes Bedürfnis angeben,

wenn jemand kam und ihn fragte, was er hier zu suchen habe. Es war ja nicht ausgeschlossen, daß die Polizei das Haus noch beobachtete.
Die Bretter lagen wieder über dem Loch im Boden; irgend jemand hatte sie sogar mit vier in den Beton getriebenen Eisenhaken gesichert. Am liebsten hätte Frühauf den Holzrost ein wenig weggeschoben, um in den Keller hinunterblicken zu können, aber die Verankerung ließ es nicht zu. Dort lag keiner mehr, da war er sich sicher.
Während er über die Bretter zur Treppe ging, bekam er eine Gänsehaut. Im vierten Stock war die behelfsmäßige Tür, die bei seinem ersten Besuch offengestanden hatte, geschlossen. Es war leicht, das Vorhängeschloß mit der Ahle seines Taschenmessers aufzuwürgen.
Das Dachgeschoß war immer noch leer. Nur gab es jetzt Kreidezeichnungen der Polizei am Boden. Hier hatte also das Gewehr gelegen, das Zielfernrohr daneben, dort der Zielstock. Das kleine Viereck war wohl die Schachtel mit der Munition. Die Polizei mußte alles gefunden und mitgenommen haben.
Ein Geräusch hinter ihm zerriß Frühaufs Gedanken. Er drehte sich um und glaubte gera-

de noch zu sehen, wie Bruno eine Waffe in die Jackentasche schob.
»Was tust du hier?« fragte Bruno
»Das frage ich dich«, sagte Frühauf.
»Suchst du etwas?«
»Ich wollte mir das hier einmal näher ansehen.«
»Und woher weißt du –«
»Von der Polizei.«
»Die Polizei setzt dich ins Bild?«
»Auch Polizisten sagen manchmal mehr, als sie sollten.«
»Was hat dir die Polizei erzählt?«
Frühauf trat einen Schritt zurück. »Nun hör mal zu, Bruno. Wer gibt dir eigentlich das Recht, mir solche Fragen zu stellen? Bist du der Besitzer dieses Hauses?«
»Ich nicht, aber meine Arbeitgeberin.«
»Uta Restelberg ist deine Arbeitgeberin?«
»Ich bin ihr Chauffeur.«
»Ach so. Mit der Jungen schläfst du, die Alte fährst du. Gute Rückversicherung. Mein Kompliment.«
»Lenk nicht ab, Schlitzohr! Trotz des Verbotes dringst du hier ein, knackst Schlösser. Was suchst du?«
»Von wegen Eindringen! Eine ganze Reihe volle

Blasen hat den Eingang vor mir gefunden. Im Parterre stinkt's zum Himmel. Du hättest deine beiden Wächter nicht abziehen sollen.«
»Ich frage, was du hier suchst.«
Frühauf zeigte auf die Kreidezeichnungen. »Das. Ich war heute nachmittag schon einmal hier, aber das weißt du sicher schon. Da lag Stelze noch im Kellerloch, die Tür dort stand offen, und weit und breit waren weder Gewehr noch Zielfernrohr noch irgend etwas dergleichen zu sehen. Ich komme noch einmal, nachdem die Polizei hier gewesen ist, und siehe da, die Polizei hat das Gewehr gefunden samt Zielfernrohr, Zielstock und einer Schachtel Munition.«
Bruno machte ein langes Gesicht.
»Irgend jemand muß die Dinge zuerst weggeräumt und dann wieder zurückgebracht haben. Und zwar einer, der mit der Geschichte etwas zu tun hat. Wie sollte er sonst wissen –«
»Du irrst«, sagte Bruno leise und sachlich unterkühlt. »Eine deiner überzogenen Folgerungen, Frühauf.«
Wer hatte ihm so etwas schon einmal gesagt? Frauenfelder?
»Journalistisch galoppierende Phantasieerkran-

kung. Gedankenveitstanz. Ich selber habe die Dinge weggeräumt.«

»Das sagst du einfach so? Daß du's sein könntest, habe ich vermutet, aber daß du's auch noch sagst, hätte ich nicht erwartet.«

»Warum soll ich's dir nicht sagen? Der Polizei habe ich's auch erzählt. Hast du mich nicht auf dem Balkon gesehen? Sag nicht, du hättest mich nicht erkannt. Du standest genau gegenüber und lehntest dich gegen das Geländer an der Limmat und schautest zu mir herauf. Ich hab's durch den Feldstecher gesehen.«

»Durch denselben Feldstecher, durch den du auch gesehen hast, wie Pfarrer Sprecher zu Boden ging.«

»Eben nicht. Du kannst ja so ein Ding nicht stundenlang vor die Augen halten. Ich habe nichts gesehen. Und die andern auf dem Balkon auch nicht. Aber ich hörte im Umbau nebenan plötzlich Gepolter. Ich lief hinüber, die Treppen hinauf, und fand alles. Das Zielfernrohr steckte noch auf dem Gewehr, am Boden lag die aufgerissene Schachtel Munition, daneben der Zielstock. Ich erschrak. Ich nahm an, daß hier einer ein Attentat vorbereitet hatte. Vielleicht hatte ich ihn vertrieben. Wenn ich ins Nachbarhaus zurücklaufen würde, um die Polizei anzurufen, konnte er wieder erscheinen und doch noch schießen. Das Risiko durfte ich nicht eingehen. Also räumte ich alles zusammen und nahm es mit.«

»Und den toten Stelze hast du nicht gesehen?«

»Woher hätte ich wissen sollen, daß er dort unten lag?«

»Hast nicht du die Bretter über dem Loch im Boden weggeschoben?«

»Weshalb denn?«

»Damit er hinunterstürzt, wenn er nach dem Schuß das Haus verläßt.«

»Du willst sagen –?«

»Ich sage gar nichts. Ich sage nur, es könnte sein.«

»Ich ging hinüber und rief die Polizei an. Ich zeigte ihr, wo ich alles gefunden hatte, und dann sah der eine Polizist Stelze unten liegen.«

»Wodurch die Geschichte so ernst wurde, daß Frauenfelder im Laufschritt daherkam«, sagte Frühauf.

»Ja, er war hier. Der Tramp wurde abtransportiert. Sie verschlossen die Tür zum vierten Stock; das Gewehr samt Zubehör nahmen sie mit.«

»Weißt du, woher das Gewehr stammt?«

»Wie sollte ich das wissen?«

»Nicht aus Bühlers Laden?«
Bruno hob die Schultern, und Frühauf fragte: »Kannst du dir vorstellen, daß Stelze den Einbruch bei Bühler allein gemacht hat? Kannst du dir das vorstellen?«
Täuschte sich Frühauf, wenn er meinte, Bruno sei einen Augenblick lang in Versuchung, in seine Jackentasche zu greifen?
»Was wird hier gespielt? Bruno, wo stecken Sie? Wir wollen mit dem Essen beginnen.«
Uta Restelberg kam die Treppe herauf. »Ach, Sie sind bei ihm«, sagte sie, als sie Frühauf erkannte. »Was tut ihr beiden hier oben?«
»Er ist hier eingedrungen«, sagte Bruno.
»Wozu?« Sie schaute Frühauf an. Sie stand vor ihm, ohne das geringste Anzeichen von Anstrengung, und war einen halben Kopf größer als er. »Wozu?« wiederholte sie, schärfer.
»Journalistische Neugier.« Es sollte leicht hingesagt klingen.
»Und? Ist sie befriedigt?«
»Vollständig.« Er schaute Bruno an, zwinkerte ihm zu und schlug sich mit der flachen Hand dorthin, wo bei Bruno die Jackentasche saß. »Sogar mehr als befriedigt.«
»Dann wollen wir endlich essen gehen. Bruno,

bringen Sie Ihren Freund doch mit herüber. Platz ist genug.«
Sie ging voraus zur geländerlosen Treppe. Bruno machte eine Handbewegung und sagte: »Nach dir, bitte.«
Und Frühauf blieb nichts anderes übrig, als mit Uta Restelberg vor sich und dem bewaffneten Bruno hinter sich die Treppe hinunterzusteigen.

Im dritten Stock gab es eine Tür zum Nachbarhaus. »Das ist sozusagen meine Stadtwohnung«, sagte Uta Restelberg.
Sie wohnt ja auch so weit außerhalb, dachte Frühauf, ganze zehn Minuten von hier mit dem Tram!
Beim Eintreten verschlug es ihm den Atem. Von außen wirkte das Haus unscheinbar, eines dieser hohen mittelalterlichen Häuser mit der schmalen Front zur Limmat. Unten Geschäfte, von der dritten Etage an aufwärts Wohnungen, zuerst die der Hauseigentümerin. Aber was für eine Wohnung! Barocke Pracht hatte Frühauf in diesen Mauern nicht erwartet. Sie betraten einen Festsaal, der das ganze Stockwerk einnahm, die Wände bemalt mit einer Jagd, die sich in den weißen Stuck der Decke hinein fortsetzte.

»Da staunst du!« flüsterte Bruno hinter ihm. Frühauf hörte, wie er die Tür zum Nachbarhaus abschloß.

Der Tisch stand in der Mitte des Saals. Vier Gedecke lagen bereit, und die Haushälterin trug eben ein fünftes auf. Die alte Dame und Arnikka warteten schon.

Erst als er saß, sah Frühauf das große Medaillon in der Mitte der Decke über dem Tisch. Ein Pelikan, der auf dem Nest stand, vor sich seine hungrigen Jungen, riß sich mit dem Schnabel die Brust auf, um sein Blut den Jungen zu trinken zu geben. Uta Restelberg bemerkte, wie Frühauf hinaufschaute.

»Manchmal muß man sich für die Seinen das Herz aus dem Leib reißen«, sagte sie und erhob das Weinglas, um Frühauf zuzuprosten.

Es gab kalten Salm, dann eine Suppe und als Hauptgang, wie es der Sitte entsprach, geschnetzeltes Kalbfleisch nach Zürcher Art und Rösti. Und es wurde geschwiegen. Hin und wieder eine Bemerkung wie »Richtiges Sechseläutenwetter heute«. Oder: »Scheint es mir nur so, oder war der Umzug länger als in den letzten Jahren?«

Zum Dessert – Apfelküchlein an Vanillesauce, wie es sich am Sechseläuten gehörte – schenkte

die Haushälterin einen süßen Riesling Sylvaner von der Halbinsel Au ein. Nach dem Kaffee sagte Bruno: »Wir schauen uns oben das Videoband vom Umzug an.« Er und Arnikka standen auf und verließen Hand in Hand das Zimmer. In der Tür drehte sich Bruno noch einmal zu Frühauf um, klopfte auf die Jackentasche, in der noch immer die Pistole stecken mußte, und sagte: »Wir sind gleich hier oben drüber.«
Wie auf Kommando erhob sich auch die alte Freundin von Frau Restelberg. »Ich möchte mich gern ein halbes Stündchen hinlegen. Man ist nicht mehr so jung.«
»Noch einen Kaffee?« fragte Uta Restelberg, als sie allein waren, und da er nickte, schenkte sie ein. »Und einen Cognac?«
Er sagte nicht nein.
»Als Sie bei mir waren, ist mir aufgefallen, daß Sie ein aufmerksamer Zuhörer sind. Daher kam mir eine Idee. Man ist ja nicht mehr so jung, wie meine Freundin ganz richtig zu sagen pflegt. Da liegt es nahe, seine Dinge zu ordnen, die Verhältnisse zu regeln und auch Rückschau zu halten und seine eigene Geschichte zu überdenken, zu erzählen, aufzuschreiben. Aber ich habe dazu keine Zeit. Sie werden wissen, daß ich immer

noch die Firma leite, und das wird in absehbarer Zeit auch so bleiben.«

Du willst sie nicht aus den Händen geben, dachte Frühauf.

»Ich kann mich nicht monatelang hinsetzen und meine Memoiren schreiben. Da dachte ich, Sie könnten das für mich tun. Sie sind doch freier Journalist und an kein Blatt gebunden?«

Frühauf nickte.

»Das wird ja nicht gerade das Lukrativste sein, wie man sich vorstellen kann.«

»Da haben Sie recht.«

»Also werde ich Ihnen erzählen, und Sie schreiben es auf und bringen das Ganze in eine anständige Form. Was ist Ihr Honorar pro Stunde?«

Frühauf schluckte. »Ich habe so etwas noch nie gemacht.«

»Einmal macht man alles zum erstenmal«, sagte Frau Restelberg. »Wieviel?«

»Mir fehlt die Erfahrung.«

»Sie müssen mir zuhören. Es wird viel Zeit dauern. Sie werden nach Stunden bezahlt. Was würden Sie zu einem Stundenlohn von zweihundert Franken sagen?«

Frühauf lief soviel Wasser im Mund zusammen, daß er schlucken mußte.

»Das ist weniger als der Ansatz eines Rechtsanwalts, aber etwas höher als der eines Psychoanalytikers. Ich biete Ihnen zweihundert Franken pro Stunde fürs Zuhören und als Schreibhilfe eine meiner Sekretärinnen. Und für das fertige Buch zahle ich Ihnen eine Pauschale, die wir noch aushandeln müssen, plus die üblichen Prozente pro verkauftes Exemplar. Ich nehme an, Sie werden daran, die Gesprächsstunden abgezogen, etwa ein halbes Jahr zu arbeiten haben. Was meinen Sie dazu?«
Was sollte er meinen? Wenn er sicher gewesen wäre, daß es ein sauberes Geschäft war und keine vergoldete Falle! Und er dachte an das, was er auf dem Heimweg von der Sechseläutenwiese zu Gerold Restelberg gesagt hatte, und an das Feuer, das in Gerolds Augen zu flackern begonnen hatte.
»Sie sagen nichts. Ich entnehme daraus, daß Sie einverstanden sind.«
Er hatte schon Festschriften für Gewerbebetriebe und Prospekte für Lampengeschäfte geschrieben; aber er hatte noch nie einen so gut bezahlten Auftrag gehabt.
»Mein Anwalt wird den Vertrag aufsetzen, und Sie werden dazu Stellung nehmen. Und jetzt

möchte ich Ihnen als erstes die Geschichte mit Stalin erzählen.«

»Ich wollte –«, sagte Frühauf, unterbrach sich jedoch sogleich. »Die Geschichte mit Stalin? Ich dachte Hitler.«

»Natürlich Hitler. Die habe ich Ihnen aber ja das letztemal schon erzählt. An dem war nicht vorbeizukommen. Und an Stalin auch nicht, später. Sie können mir glauben oder nicht, aber die beiden haben den Zürichberg gerettet.«

»Stalin auch?«

»Ja, auch Stalin. Aber der andere zuerst, der magere Kerl in der langen Unterhose. Sehen Sie, wir hatten die Krise. Und die Arbeitslosigkeit. Allen ging es schlecht, so schlecht, wie man es sich heute gar nicht mehr vorstellen kann. Aber, wenn wir ehrlich sein wollen, ging's den einen ans Leben und den anderen bloß ans Bankkonto, abgesehen von denen, die Bankrott machten, weil sie keine Reserven besaßen oder ihr Vermögen idiotisch angelegt hatten. Uns übrigen tat die Krise nicht viel. Wir hatten weiter unsere Klavierstunden, und Papa kaufte sogar in dieser Zeit hin und wieder ein Bild; er sammelte Kunst, einmal einen Hodler und einmal einen Rudolf Koller oder Böcklin oder sonst etwas, und die waren schon damals nicht billig. Man fuhr auch jetzt in der Saison am Dienstagabend in die Tonhalle, vorbei an den Schlangen vor den Suppenküchen. Und als ich Gerold heiratete, feierten wir im Baur au Lac. Man hatte es, und von Wirtschaftskrise spürten wir nichts am eigenen Leib. Trotzdem hatte man Angst. Nicht vor dem Hunger; dem war in unserem Haus der Zutritt verboten. Aber wir hatten Angst vor der Revolution. Die hatte uns anno achtzehn im Generalstreik ihr Gesicht gezeigt; und das hat niemandem in unseren Kreisen gefallen. Sie könnte wiederkommen, und wir hatten alle kein Rezept dagegen. Kein Aufschwung in Sicht, nichts dergleichen. Dabei brauchten wir den Aufschwung unbedingt und schnell. Sonst kamen die, die nichts mehr hatten, auf den Gedanken, an das zu gehen, was wir hatten.

›Wir hätten einen Krieg nötig‹, sagte Papa damals oft. ›Es klingt verrückt, aber wir brauchen dringend wieder einen Krieg. Ein Krieg bringt Arbeit und bindet die Massen. Und beides brauchen wir mehr denn je.‹

Und dann trat der auf, der als einziger zuverlässig einen Krieg versprach und, kaum hatte er die Macht in den Händen, auch nicht zögerte, ihn sogleich vorzubereiten. Was die Wirtschaft anging, war der Mann hoch zu loben. Was die Politik anging, war er zu fürchten, aber deswegen auch zu loben. Er war unser Feind, aber er kam zur richtigen Zeit. Denn nun wagte niemand mehr, an eine Revolution auch nur zu denken. Zusammenstehen hieß die Parole, Einigkeit. Ja keine Differenzen zwischen uns aufkommen lassen! Wir gehören zusammen, sitzen doch alle in einem Boot. Ein einig Volk von Brüdern, in keiner Not uns trennen und Gefahr. Er hatte die Gefahr gebracht. Dafür verdiente er Lob. Unser Feind und Retter. Er machte den Krieg, verlor den Krieg, und nach dem Krieg kam Stalin. Und jetzt brauchen Sie Papier und einen Bleistift.«

Frühauf schaute auf die Uhr. Es war schon fast halb neun.

»Können wir Stalin auf die nächste Sitzung verschieben?«

»Natürlich können wir Stalin verschieben. Gehen Sie, wenn Sie müssen. Niemand hält Sie auf.«

Bruno kam auf Frühaufs Stuhlrücken wie ein Verrückter die Treppe heruntergestürzt.

»Paß auf, daß du nicht strauchelst. Du wärst der zweite heute«, sagte Frühauf.

»Du verläßt dieses Haus nicht«, keuchte Bruno.
»Er ist mein Gast in diesem Haus«, sagte Uta Restelberg mit schneidender Stimme. »Und wenn ich mich nicht irre, sind auch Sie Gast in diesem Haus. Und dieses Haus gehört mir, ausschließlich mir. Wer entscheidet also darüber, ob jemand dieses Haus verläßt, Sie oder ich?«
Bruno schwieg.
»Gehen Sie also, und rufen Sie mich morgen an, damit wir vereinbaren, wann wir mit unserem Gespräch fortfahren wollen. Sie werden sich doch Stalin nicht entgehen lassen, nicht wahr«, sagte sie zu Frühauf. Am Dienstag nach dem Sechseläuten allerdings würde sie keine Anrufe beantworten.

10
Der Auszug

Er hatte gegessen, wenn auch mit zusammengekrampftem Magen, und war satt. Zu satt. Der kalte Fisch stieß ihm sauer auf und einiges andere dazu. Er brauchte einen tüchtigen Schnaps für den Magen und Bellas Nähe für die Seele.

Inzwischen war es dunkel geworden, doch in der Altstadt wurde an diesem Abend die Straßenbeleuchtung nicht angezündet. Denn schon bald würden die Zünfter aus den Zunfthäusern drängen, den Bauch vollgeschlagen und den Kopf schwer vom vielen Wein, und würden sich auf der Straße bei Sprüchen und Lachen mit ihren kleinen Laternen hinter der großen Laterne, der Fahne und der Musik für den Auszug aufstellen, während der Zunftmeister, die Vorsteherschaft, ein Teil der Ehrengäste und die alten Zünfter als Stubenhocker zu Hause blieben und die Besuche erwarteten. An einem Sechseläutenabend sprach

jede Zunft nach ausgeklügeltem Turnus bei drei anderen Zünften vor. Vor den Türen der Zunfthäuser warteten Zünftersfrauen auf ihre Männer und junge Mädchen auf ihre Zunftgesellenfreunde und viele Schlachtenbummler.
Bella war nicht in der Küche, wie Frühauf gehofft hatte, um sie, ungesehen von den Gästen, an sich ziehen und tröstliche Wärme spüren zu können. Bella war auch nicht im Keller oder hinter der Bar. Bella saß an dem Tisch, der sonst streng den Richtern vorbehalten war, und aß und trank. Und mit wem? Mit niemand anderem als mit Frauenfelder, der soeben das Weinglas zum Mund führte und sie über den Rand hinweg so anblitzte, daß Frühauf ihm hätte die Faust ins Gesicht rammen können. Unter diesen Umständen gab es nicht mehr als einen flüchtigen Kuß auf die Wange, und Frühauf konnte nur gute Miene zum bösen Spiel machen und sich zwischen die beiden setzen, wenn er sich vor Frauenfelder und allen anderen Gästen nicht eine gewaltige Blöße geben wollte. Alle sieben Tische waren besetzt, kein freier Stuhl. An der Bar wurden gerade drei Hocker frei; die Leute wollten die zünftigen Auszüger durch die nächtliche Stadt begleiten.
Bella hatte eine Flasche vom allerbesten Italiener

ihres Kellers geöffnet – Frühauf hoffte, daß sie Frauenfelder wenigstens nicht den Schlüssel und die Wahl überlassen hatte – und alles aufgefahren, was Kühlschrank und Küche an italienischen Schätzen bargen, von den gegrillten Auberginen über das Olivenbrot bis zum spröden Parmigiano. Alles Frühaufs Lieblingsessen, und Frauenfelders offensichtlich leider auch. Der aß mit Hochgenuß und spülte fleißig nach.
»Hier scheint man etwas zu feiern«, bemerkte Frühauf anzüglich.
»Verlobung!« lachte Bella, und er hätte ihr dafür fast eine heruntergehauen. Sie wußte, daß sie ihm mit solchen Scherzen das Messer bis zum Heft ins Herz stieß. Unzählige Male hatte er von Verlobung geredet, und sie hatte mit den Achseln gezuckt, starre Augen bekommen und ihre Fühler eingezogen wie die Schnecke ihre Hörner! Frauenfelder merkte, daß Frühauf die gute Laune abhanden kam.
»Der Fall ist gelöst«, sagte er mit vollem Mund. »Wir haben zwei Mittäter geschnappt.«
»Des Mordes?«
»Nein, des Einbruchs in Bühlers Laden. Wir konnten uns nicht vorstellen, daß Stelze es im Alleingang gemacht hat.«

»Ich auch nicht. Wer ist es?«

»Barbara Estrich und ihr Mann.«

»Die grüne Barbara, die Freundin der roten Rita?«

Sie nannte sich zwar auch politisch grün, aber den Namen hatte sie von ihren Haaren, in die sie, als politisches Bekenntnis oder nicht, vorn eine grüne Strähne färben ließ. Die grüne Barbara, die bei jeder Quartiervereinsversammlung aufstand und von Bäumen wie von Menschen und von Vögeln wie von himmlischen Engeln redete. Die grüne Barbara, die als persönliche Beraterin eines Stadtrates arbeitete und mit ihrem Mann, einst ein hoffnungsvoller Jungfilmer, nun Hilfslehrer für kreatives Werken und Computerpraxis an einem Wirtschaftsgymnasium, spottbillig in einer renovierten städtischen Liegenschaft wohnte. Die betroffene Leserbriefschreiberin Barbara, natürlich keine Freundin der Jäger, sondern des Wildes, über das sie sprach wie über Kindergartenschüler. Sie mußte Bühler und seinen Waffenladen hassen. Er war ihr ein täglich schmerzender Dorn im Auge auf dem Weg ins Büro und eine Störung ihres friedlichen Seelengärtchens. Und, dachte Frühauf, Sprecher, der Pfarrer, der zu einer Zunft gehörte – und

hatte er am Ende nicht auch noch selber gejagt? –, war gewiß auch nicht gerade nach ihrem Geschmack gewesen.
»Wie seid ihr auf sie gekommen?«
»Stelze hatte Adresse und Telefonnummer ihres Ferienhauses im Toggenburg in der Tasche. Dort waren sie dann auch. Verlängertes Wochenende. Die Kollegen haben sie verhaftet. Sie sind geständig. Womit die Sache vollends erledigt wäre.«
Erledigt scheint, dachte Frühauf und rief sich das Gerücht in Erinnerung, das vor zwei, drei Jahren in den Gassen der Altstadt die Runde gemacht hatte. Bruno und die grüne Barbara haben etwas miteinander. Soll eine sehr intensive Beziehung sein, die neue mit Bruno, hieß es damals. Nur eine Frage der Zeit, bis sie zu ihm zieht.
»Sie wollten Bühler mit dem Einbruch das Geschäft verleiden und ihn aus dem Quartier ekeln. Er sei eine Gefahr für die Kinder, sagten sie. Die würden sich an die Feuerwaffen im Schaufenster gewöhnen, als seien sie etwas Normales. Sie suchten einen, der Schmiere stand und tragen half. Dafür war Stelze ideal. Man traut ihm ja schon rein körperlich kaum etwas zu. Dabei ist Stelze – äh war – überhaupt nicht so invalid, wie er tat. Konnte ganz schön rennen, wenn es sein

mußte. Die Krücken brauchte er nur zum Geldverdienen.«

»Und was haben sie mit der Beute gemacht?«

»Mit Stelzes Hilfe in der Sihl versenkt. Aber, wie es scheint, behielt Stelze einiges für sich.«

Weil er inzwischen von Bruno einen Auftrag erhalten hatte, dachte Frühauf.

Bella hatte Teller, Glas und Besteck geholt und es vor Frühauf hingelegt. »Iß endlich«, nörgelte sie.

»Hab schon anderswo gegessen. Keinen Hunger mehr.«

Sie verzog beleidigt den Mund, als Frühauf aufstand, und murrte: »Von dir hat man auch gar nichts heute.«

»Du hast ja Gesellschaft«, sagte er, schon an der Tür.

»Du wirst es doch nicht wieder besser wissen wollen!« rief ihm Frauenfelder nach.

»Wo denkst du hin! Besser als die Polizei? Mir fiel nur gerade etwas ein.«

Er warf die Tür hinter sich zu. Eine Cognacreklame schlug gegen das Glas.

Bruno, unkriegerisch wie er war, trug plötzlich eine Pistole in der Jackentasche. Woher hatte er sie? Ebenso wie Stelzes Gewehr aus Bühlers

Laden. Die grüne Barbara wollte Bühler den Waffenhandel verleiden. Bruno gab eifrig Ratschläge. Stelze half beim Einbruch mit, aber statt dem Frieden zu dienen und alles in der Sihl zu versenken, behielt er einen Teil zurück und belieferte Bruno. Was mochte davon noch in Brunos Wohnung liegen?
Frühauf ging über die Gasse, stieg aber nicht zu seiner Wohnung hinauf, sondern blieb ein Stockwerk darunter vor Brunos Tür stehen. Es gab in dem alten Haus kein modernes Schließsystem, sondern noch immer die alten Schlüssellöcher für die großen Bartschlüssel. Frühaufs Schlüssel paßte zwar nicht in das Schlüsselloch von Brunos Wohnungstür, aber Frühauf hatte ja seine Ahle.
Er kannte Brunos Zweizimmerwohnung aus der Zeit, bevor Bruno Chauffeur bei Uta Restelberg und Arnikkas Liebhaber geworden war, und sie hatte schon immer ausgesehen wie die Welt vor dem ersten Schöpfungstag, nur daß früher zerrissene Jeans und ausgefranste Hemden überall verstreut gewesen waren, während jetzt Einbrecher in einer Luxusboutique herumgewühlt zu haben schienen. Wer hätte Bruno in seinem früheren Leben eine Krawatte zugetraut? Nun

lagen sie zuhauf herum, und keine billigen. Dazu Hosen und Westen und neue Schuhe und Hemden mit Doppelmanschetten. Hier bot eine illegale Hausdurchsuchung keine Schwierigkeiten, es sei denn, der Schnüffler ließ sich durch die vielen Fetische ablenken, die an Arnikka Restelberg erinnerten.

Bruno wiegte sich eindeutig in Sicherheit. Frühauf brauchte nicht lange, um zu finden, was er suchte. Zwei Schachteln Pistolenmunition lagen zwischen sündhaft teuren Socken vornehmster Herkunft. Wenn sie nicht aus Bühlers Beständen stammten, wollte Frühauf Spätnieder heißen.

Er wollte die Schachteln gerade wieder an ihren Platz zurücklegen, als sich die Wohnungstür öffnete. Bruno blieb im Türrahmen stehen, dann trat er ein und warf die Tür hinter sich ins Schloß. In der Hand hielt er die Pistole.

»Ich sagte ja der alten Kuh, sie dürfe dich nicht laufen lassen.«

»Wenn ich ihr erzähle, daß du von ihr als alter Kuh redest, bist du deinen Posten los«, antwortete der verdutzte Frühauf, verdutzter noch über seine kaltblütige Lippe als über Brunos Auftauchen.

»Mein Posten! Was ist mein Posten? Nichts als Tarnung. Ich wußte, daß ich dich hier treffe.«

»Ich wußte es nicht, dachte, du raspelst Süßholz mit deiner Arnikka, sonst wäre ich vorsichtiger gewesen.«

Es gelang Frühauf auch nicht, den Bruno, der ihm jetzt mit der Pistole vor der Nase herumfuchtelte, ernst zu nehmen. »Pack das Ding ein!«

»Das würde dir so passen. Setz dich.«

Frühauf konnte sich nicht setzen; es gab keinen freien Stuhl. Er lehnte sich gegen den Fenstersims. Bruno fragte nicht einmal, was er bei ihm suche.

»Findest du deinen Auftritt nicht etwas überorchestriert, Bruno?«

»Was soll das heißen?«

Frühauf erwähnte die Munition nicht, sondern sagte nur: »Du trägst eine Pistole mit dir herum. Ich fresse einen Besen, wenn sie nicht aus Bühlers Laden ist. Daß du direkt etwas mit dem Einbruch zu tun hast, glaube ich nicht, sonst hätte die grüne Barbara dich schon verpfiffen.«

»Barbara?«

»Deine verflossene Freundin. Wußtest du nicht, daß sie verhaftet worden ist, mitsamt ihrem Schlappschwanz? Das Gewehr, das du in Uta

Restelbergs Umbau gefunden haben willst und mit dem Stelze, wie es aussieht, den Pfarrer erschossen hat, kommt auch aus Bühlers Laden. Barbara und ihr kreativer Ehemann haben schon gesungen. Von dir haben sie, scheint's, kein Wort gesagt. Um sich selbst zu entlasten, hätten sie die Gelegenheit zweifellos nicht vorübergehen lassen, wenn du die Finger in der Sache gehabt hättest. Hast du nicht, wenigstens nicht direkt, dazu bist du zu schlau – und zu feig. Weißt du, was ich glaube?«

»Glaub, was du willst!«

»Ich glaube, du hast Stelze den Floh ins Ohr gesetzt. Ein Geschäft hast du ihm versprochen. Für gewaltlose Humanität wäre der doch nie eingebrochen, hätte nicht einmal während des Einbruchs Schmiere gestanden. Aber für einen satten Verdienst war er durchaus zu haben. Und gleichzeitig hast du bei deiner Verflossenen schön fleißig das Feuerchen der Entrüstung unterhalten, immer wieder ein wenig Holz nachgelegt, daß es ja nicht ausging. Schließlich brauchtest du die beiden nur noch zusammenzubringen, und du kamst an deine Waffen.«

»Und wofür sollte ich sie gebrauchen, Schlaumeier, he?«

»Zum Beispiel, um sie mir unter die Nase zu halten.«

»Setz dich endlich.«

Bruno wischte mit der linken Hand die feinen Hemden und neugebügelten Hosen von einem Stuhl auf den Boden und fuchtelte mit der Pistole in der rechten herum. Frühauf tat, als wolle er sich setzen. Dabei stützte er beide Hände auf die Sitzfläche, und bevor er richtig saß, stemmte er sich mit einem Ruck nach vorn und hieb Bruno seinen rechten Schuh zwischen die Schenkel. Bruno jaulte auf wie eine Feuerwehrsirene, ließ die Pistole fallen, krallte die Hände in den Unterleib und krümmte sich zusammen. Frühauf wartete. Den Schlag ins Genick, zu dem er schon ausgeholt hatte, konnte er sich sparen. Bruno sank in die Knie. Aus Jaulen wurde Jammern. Dazwischen sagte er ein halbes dutzendmal »Sauhund« zu Frühauf. Der hob die Pistole auf und legte sie außer Reichweite des verhinderten Schützen. Dann half er Bruno auf die Beine, packte ihn, der immer wieder nach Art eines Taschenmessers zusammenklappen wollte, hart am Arm, stieß ihn auf den freigewordenen Stuhl und las ihm die Leviten.

»Hör mal zu, du Kranzschütze. Ich lege dich hier

aufs Trockendock und frage nicht, was du weißt. Ich will's nicht wissen. Ich ziehe dich aus dem Verkehr, damit du mir nicht noch einmal wie ein wütender Elefant durch meine Erkundungen trampelst und mir womöglich noch in den Rücken schießt – und dir selbst in die Füße. Ich glaube, Herr Nachbar, du bist der Dumme in diesem Umzug, und am Ende, wenn sich herausgestellt hat, daß Stelze kein Alleintäter war, soll alles an dir hängen bleiben. Das gönne ich dir nicht. Du bist zwar ein Schlitzohr, ein hinterlistiges, aber so etwas hast du trotzdem nicht verdient. Darum verzeih, wenn ich dich ein bißchen betäube.«

Er stieß Bruno aufs Bett, holte von der Anrichte eine fast volle Flasche Marc, zog den Korken heraus, reichte sie ihm und befahl: »Trinken!«

Bruno schaute ihn an, als wäre ihm soeben das Leben geschenkt worden; es fehlte wenig, und er wäre noch einmal vor Frühauf auf die Knie gegangen. Er setzte die Flasche an und trank gehorsam und, wie es Frühauf schien, erleichtert. Nach den ersten beiden Schlucken mußte er husten, und Frühauf mußte lachen. Bruno lachte auch und nuckelte weiter. Dabei wurde sein Gesicht ernst und immer ernster, und die Augen verschleierten sich wie eine Nebelgegend. Als die Hälfte herunter war, nahm ihm Frühauf die Flasche aus der Hand. Bruno konnte sie kaum noch halten. Wie eine zerrinnende Sandfigur am Strand des großen Meeres mußte Frühauf ihn aufs Bett modellieren und ihm ein Kissen unter den Kopf schieben. Fesseln war nicht nötig. Bruno war schon so weit hinüber, daß er heute sicher nicht mehr aufstand. Und morgen würde ihn aller Voraussicht nach sein erster Gang zum Arzt führen, zu Doktor Rosenast von nebenan, der sich mit brummenden Schädeln, überstrapazierten Lebern, Platzwunden am Kopf und ähnlichem bestens auskannte.

»Schlaf gut«, sagte Frühauf zu Bruno, als er sich selber ein kleines Glas aus der angebrochenen Flasche einschenkte. Er hoffte, daß der Marc sich gegen den aufdringlichen Fischgeschmack aus seinem Magen durchsetzte.

Bruno hatte sich verraten. Und von Bruno lief die Spur geradewegs zu den Damen Restelberg. Wirklich? Frühauf fiel das Bild vom gerissenen Drahtseil wieder ein, das gespleißt werden mußte. Nur jetzt nicht die Drahtschere hervorziehen! Keine Kurzschlüsse! Er wußte viel zu wenig. Er mußte mehr in Erfahrung bringen.

Also ging er, ließ Bruno liegen, fand den Wohnungsschlüssel und schloß hinter sich ab.

Von der Haustür aus konnte er schräg über die Gasse in Bellas Lokal blicken. Dort waren zwei von den sieben Tischen jetzt leer, und auch auf die drei frei gewordenen Hocker an der Bar hatten sich keine neuen Gäste gesetzt. Im schattigen Hintergrund unter der verschwiegenen Lampe über dem Richtertisch saßen immer noch Bella und Frauenfelder und tranken Schnaps zum Kaffee. Marc, dachte Frühauf. Der kalte Fisch stieß ihm wieder auf. Er ging die Gasse hinunter, vorsichtig, damit man ihn in Bella's Bar nicht bemerkte.
Es war inzwischen halb zehn geworden. Frühauf traf kurz hintereinander zwei Zünfte auf dem Weg zum ersten Besuch des Abends. Die Lichter der Laternen ließen zünftige Schattenriesen über die Hausmauern huschen, als würden sie vom hart zurückgeworfenen Echo der Blasmusik verwackelt und in die Flucht geschlagen. Niemand konnte ihm sagen, wohin Sprechers Zunft unterwegs war. Auch bei den wenigen, die vor dem Zunfthaus herumstanden, war es nicht zu erfahren, nur, daß der Zug vor einer halben Stunde

abmarschiert sei. Nicht einmal die Wirtin, die heraustrat, um ein wenig frische Luft zu schnappen, bevor es wieder Betrieb gab, wußte Genaueres. Er bat sie, in den Saal hinaufzugehen und einen der Stubenhocker herauszurufen. Aber sie weigerte sich, obwohl oder weil sie Frühauf und seine Arbeit kannte. Sie ließ ihn einfach stehen. So blieb ihm nichts anderes übrig, als zu warten, und darüber ärgerte er sich, obwohl er sich sagte, daß die Sache nicht so eilig sei. Die Verbrechen waren geschehen, Sprecher war tot, und daß es noch weitere Tote geben würde, war unwahrscheinlich, auch wenn der Pfarrer der falsche gewesen sein sollte, denn Stelze war ja auch tot. Frühauf sah Manolo die Gasse heraufkommen. In Wirklichkeit hieß Manolo Hannes Abalp und sprach weder Spanisch noch war er je in einem Spanisch sprechenden Land gewesen. Den Spitznamen Manolo hatte er bekommen, weil er entfernt der übelbeleumdeten Nebenfigur in einer Westernserie glich, die das Fernsehen gebracht hatte, als es noch schwarzweiß war. Manolo lehnte sich dem Zunfthaus gegenüber an die Mauer und schaute durstig zu den unregelmäßig leuchtenden Butzenscheiben des Zunftsaals hinauf. Er riß seinen Blick auch nicht los, als Frühauf neben ihn trat und ihn anredete. Er schaute, als öffne sich dort oben jeden Augenblick die Himmelstür.

»Kennst du Stelze?«

»Was soll die blöde Frage?«

»Kannst du mir etwas über ihn sagen? Wie war er?«

»Warum war?«

»Er ist tot.«

»Ach so?« Und, ohne die Richtung seines Blicks zu verändern: »Wußte ich gar nicht. Wie?«

»Gestürzt.«

»Im Suff?«

»Oder auch nicht. Vermutlich gestoßen.«

»Wann?«

»Heute nachmittag.«

»Und wer?«

»Keine Ahnung. Was weißt du über ihn? Was war er früher?«

»Was zahlst du?«

»Zahlt dir die Polizei etwas?«

»Nein, aber die muß mich jedesmal zwingen. Kannst du nicht.«

»Eine Flasche, wenn es etwas wert ist.«

»Eine Flasche Burgunder? Von dort?« Manolo zeigte mit gerecktem Kinn auf das Zunfthaus.

»Meinetwegen. Also los.«
»Zuerst den Wein.«
Frühauf mußte ins Zunfthaus hinübergehen. Er kaufte eine Flasche vom billigsten Burgunder; immerhin kostete sie fünfunddreißig Franken. Nein, ein Glas brauche er nicht, aber öffnen solle man die Flasche. Die Kellner schauten ihm nicht eine Sekunde lang erstaunt nach, als er die Bar verließ und über die Gasse zurückging.
Die geöffnete Flasche in Frühaufs Hand ließ Manolos Blick beweglich werden. Schluß mit der pathetischen Himmelfahrtsrichtung.
»Was willst du wissen?«
»Was hat Stelze früher gemacht, ich meine, bevor er –«
»Zeigerchef. Weißt du, wo der Schießstand in der Rehalp war? Den es jetzt nicht mehr gibt. Dort war er Chef. Bis die Überbauung kam und die Schießerei eingestellt wurde.«
»Und war selber ein guter Schütze?«
»Meisterschütze. Aber dann verlor er die Stelle und fand keine neue und fing an zu saufen.«
»Und glaubst du –«, er könnte heute immer noch gut schießen, wollte Frühauf fragen. Aber die Tambouren der ersten ankommenden Zunft trommelten ihm die Worte aus dem Mund. Das

war die Chance! Er mußte schnell auf die andere Seite der Gasse wechseln und sich neben den Eingang des Zunfthauses stellen.
»Die Flasche«, kreischte Manolo hysterisch.
Frühauf drückte sie ihm in die Hand, und Manolo setzte sie an den Mund und schloß in weltvergessener Verzückung die Augen.
Natürlich kannte Frühauf auch in dieser Zunft den einen und andern, aber diesmal war das kein Vorteil, sondern eher ein Hindernis. Als das Zunftspiel, den Sechseläutenmarsch blasend, die Treppe voran in den Zunftsaal hinaufstieg, große Laterne, Fahne und der Rattenschwanz der Zünfter hinterher, versuchte Frühauf, sich ungesehen anzuschließen.
»Für Journalisten verboten«, rief einer seiner Bekannten, aber Frühauf tat, als hörte er nichts. Am Eingang stand ein Securitaswächter, und wenn er auch vom Ansturm der Zunft fast weggedrängt wurde, so hielt er doch die Augen offen. An ihm war schwer vorbeizukommen, es sei denn, man trug ein Erkennungszeichen.
Frühauf trat daher auf einen anderen Bekannten zu und flüsterte: »Gib mir doch bitte für einen Augenblick deine Laterne. Ich trag sie dir hinauf und stelle sie in den Rechen. Ich muß dort oben

jemanden etwas fragen, und der Blaue da vorn läßt mich nicht durch.«
Der Angeredete hatte Verständnis, und Frühauf, als sei er der – freilich unpassend gekleidete – persönliche Gast eines Zünfters, trug die Laterne an dem Wachmann vorbei ins Zunfthaus, die Treppe hinauf bis vor die Stube, wo links und rechts die hölzernen Rechen für die Laternen standen und gleich dahinter Kellner und Serviertöchter, die den ankommenden Zünftern Wein anboten. Jeder griff sich ein Glas und trat ein. In der hinteren Ecke des Saals hatten sich die Musiker aufgestellt und bliesen ununterbrochen wie eine Spieldose den Sechseläutenmarsch. Aus schweren Rahmen schauten die Portraits früherer Zunftmeister gelangweilt auf das Gehen und Kommen herunter. Sie kannten das Spiel. An der Stirnseite des Saals, hinter dem langen Tisch, stand der Zunftmeister mit seinen Ehrengästen und den alten Stubenhockern und machte ein Gesicht wie Regenwetter. Ihm gegenüber hatte sich der Sprecher der Besucherzunft aufgestellt, einen großen Becher in der Hand, neben sich die Fahne, im Rücken seine Mitzünfter. Von hinten drängten immer noch ankommende Zünfter aus dem Treppenhaus in die Stube.

Wenn alle versammelt waren, würde die Tür geschlossen werden, die Musik würde aufhören zu spielen und der Sprecher das Wort ergreifen. Dann war allerdings nicht mehr aus dem Saal hinauszukommen, bis der Redner sein Feuerwerk aus Anspielungen und Spitzen abgebrannt und der Zunftmeister aus dem Stegreif geantwortet hatte, und das konnte lange dauern.
Also machte sich Frühauf hinter den Reihen der Zünfter eilig an den alten Demuth heran, einen der Stubenhocker, dem einige Fotogeschäfte in der Stadt gehört hatten; die Krise und die Ungeduld der Banken hatten sie ihm weggefressen. Er lebte von dem kleinen Vermögen, das er hatte retten können, und von gelegentlichen Bildverkäufen an die eine oder andere Zeitung – ein Lebenskünstler. Frühauf kannte ihn seit Jahrzehnten, war früher sein Kunde gewesen und hatte vor kurzem eine Geschichte über ihn geschrieben. Er drängte ihn, auf einen Sprung mit ihm vor die Tür zu kommen. Demuth ließ sich lange bitten, kam schließlich doch mit, bevor das Spiel zu blasen aufhörte. Im Treppenhaus war es jetzt ruhig.
»Trinken wir etwas dort drüben?« Frühauf zeigte auf die Kneipe gegenüber.

Der Einzug des kostümierten Zünfters löste bei den Gästen – alten Männern mit schnapsgegerbten Gesichtern, dazwischen ein paar Jugendlichen, bierselig und laut in ihrer Unsicherheit – ein Hallo aus, aber sonst wurden sie in Ruhe gelassen, setzten sich an einen stillen Tisch und bestellten ein Bier.

»Du hast das mit Sprecher gehört?«

»Ja. Ekelhaft. Bist du am Recherchieren?«

»Ich glaube nicht ganz dasselbe, was die Polizei glaubt.«

»Weißt du, wie's ihm geht?«

»Wem?«

»Sprecher.«

»Ich dachte, du wüßtest – er ist tot.«

»Verflucht!« schimpfte Demuth. »Und ich Esel hatte keine Kamera bei mir.«

»Warst du in seiner Nähe?«

»Drei Reihen hinter ihm. Er bekam viele Blumen. Der Pfarrer hat viele Verehrerinnen – hatte. Weiß die Zunft schon, daß er tot ist?«

»Der Zunftmeister sicher, die andern kaum. Das heißt –«

Frühauf hätte, wollte er nicht lügen, sagen müssen, daß Amstad und Edlibach es auch wußten. Er kam nicht dazu, denn während die erste

Besucherzunft gerade in den Saal einzog, war die zweite bereits im Anmarsch. Das Zunftspiel stellte sich genau vor dem Fenster der Kneipe auf und blies und trommelte.
»Niemand sagt etwas, und alle tun, als wäre nichts Aufregendes passiert«, sagte Demuth laut. Doch sie konnten wegen der Musik das eigene Wort kaum mehr hören, und die ankommende Zunft spülte auch eine ganze Welle Sechseläutenstrandgut in das Lokal, und das belegte, ohne zu fragen, jeden freien Stuhl. Die beiden, die sich neben Frühauf und Demuth hinhockten, waren zwar nicht mehr nüchtern, starrten ihnen aber mit Spiegeleieraugen so konzentriert in die Nasenlöcher, daß jedes Wort im Hals stecken blieb.
»Komm, wir gehen«, sagte Frühauf und legte das Geld neben sein Bierglas. Ohne mehr beachtet zu werden, verließen sie die Kneipe.
»Ich glaube, ich sollte wieder hinauf«, sagte Demuth, als sie draußen waren. »Wenn die erste Zunft den Saal verläßt, muß ich hinein, sonst fällt es auf, und man meint am Ende noch, es sei einem zweiten übel geworden.« Er merkte, daß es ein schlechter Scherz war, und sah Frühauf voll Abscheu an, als hätte der ihn gemacht.
»So billig kommst du mir nicht davon«, sagte

dieser. »Erzähl mir etwas über Amstad, den Apotheker.«

»Aber doch nicht hier!« wand sich Demuth.

»Ich würde etwas springen lassen. Sagen wir ein Bild von Pfarrer Sprecher, der die Blumen fallen läßt und sich krümmt.«

»Das gibst du mir?«

»Wenn du redest.«

»Sehr heikel. Amstad. Komm.«

Sie gingen wieder über die Gasse, zielstrebig an dem Securitaswächter vor der Zunfthaustür vorbei, den Korridor nach hinten, wo es immer stärker nach Küche roch, und zuhinterst wieder hinaus und waren nun auf einem verlassenen Plätzchen, wo die Marschmusik nur von weit her zu hören war. An der Wand stand eine Batterie leerer, metallener Bierfässer. Sie setzten sich, jeder auf ein Faß.

»Also der Apotheker«, sagte Demuth. »Am Hauptbott vor zwei Jahren sollte er Zunftmeister werden. Und er wollte unbedingt. Er ist geldgierig, aber noch mehr als nach Geld strebt er nach Ehre. Er wünschte sich also, um alles in der Welt Zunftmeister zu werden, und es gab niemanden, der ihn im Vorfeld der Wahl zu stoppen wagte, obwohl viele Bedenken hatten. Es kam die letzte Monatsversammlung vor dem Hauptbott. Da meldete sich Conrad Edlibach, Jean Jacques' Sohn, extra für die Versammlung aus Genf angereist, zu Wort. Er war noch nicht einmal Zünfter, erst Geselle, und was Gesellen sagen, hat in der Zunft kaum Gewicht, wird gern als jugendliches Geschwätz abgetan. Aber Edlibach, der Sohn, stand auf und hielt eine derartige Brandrede gegen Amstad, daß uns allen der Kiefer herunterfiel. Was heißt Brandrede – falsch! Er sagte kein lautes Wort und redete ohne jede Erregung. Mit einer Stimme scharf wie ein Rasiermesser und sachlich wie bei einer Kosten-Nutzen-Rechnung zählte er die Fakten auf. Amstads Spekulationen. Die Art, wie er seine Mieter behandelt. Sogar die Steuererklärung zitierte er. Es war ein Schlachtfest erster Klasse. Man konnte dem jungen Mann keine Polemik unterstellen, keine falsche Interpretation der Fakten nachweisen, nichts dergleichen. Es war die ungeschminkte Wahrheit, und viele von uns hätten sie kennen können, wenn sie gewollt hätten, ich auch, offen gestanden. Jetzt hatte niemand mehr die Möglichkeit zu behaupten, er wisse von nichts oder habe bloß Gerüchte gehört. Die Tatsachen lagen wie ein stinkender

Tierkadaver auf dem Tisch des Hauses. Wir mußten schauen, wie er von da wieder herunterkam, ohne daß er im ganzen Haus, in der ganzen Gasse und in der ganzen Stadt zu riechen war. Eine fürchterliche Geschichte, aber als Edlibach, der Sohn, geendet hatte, war klar, daß Amstad niemals Zunftmeister werden konnte. Er merkte es selber und zog seine Kandidatur zurück. Du hättest den Blick sehen sollen, den er Conrad Edlibach zuwarf. Wir wußten, daß er es ihm nie vergessen würde.«

»Aber er ist immer noch in der Zunft und läuft am Sechseläuten mit.«

»Er kam auch nachher zu jeder Monatsversammlung.«

»Und wird von den Zünftern nicht geschnitten?«

»Er und wir andern alle tun, als wäre nichts gewesen und als erinnerten wir uns an nichts mehr. Geschnitten wird Edlibach, der junge. Ein paar Gesellen halten zu ihm, aber die Mehrheit der Zunft zeigt ihm die kalte Schulter, und ein früherer Vorsteher soll ihm sogar geraten haben, sich für zwei, drei Jahre nicht mehr blicken zu lassen. Doch der kennt ihn schlecht. Edlibach, der junge, hat einen harten Kopf. Mit dem geht er durch die Wand, wenn es sein muß.«

»Und du glaubst, Amstad habe ihm Rache geschworen?«

»Wenn sich ihm die Möglichkeit bietet, wird er sie nicht ungenützt vorbeigehen lassen. Aber jetzt muß ich hinauf. Die zweite Zunft ist schon am Einziehen.«

Hinter den schmalen Treppenhausfenstern war der Sechseläutenmarsch zu hören.

»Du hast mir sehr geholfen«, sagte Frühauf.

»Und das Bild?«

»Bekommst du morgen.«

»Betrüger!« rief Demuth und rannte davon.

Erst da merkte Frühauf, daß er vergessen hatte, ihn zu fragen, welchen Stuben seine Zunft heute abend Besuche abstattete. Er lief ihm nach, hinter den Letzten der ankommenden Zunft die Treppe hinauf, aber Demuth war schon im Saal. Statt dessen kam Frehner, Spenglermeister im Oberdorf, aus der Herrentoilette.

»Zu wem ist deine Zunft unterwegs?« fragte Frühauf.

Frehner wußte es genau.

11

Besuch auf fremden Stuben

Jean Jacques Edlibach, der Vater, war links neben Sprecher marschiert. Conrad Edlibach, sein Sohn, weiter vorn, vor der Vorsteherschaft und der Zunftmusik in der Gruppe der Gesellen. Eine Verwechslung war also ausgeschlossen.
Will man sich am Vater rächen, bringt man den Sohn um. Das leuchtet ein. Das Umgekehrte nicht. Die Gefahr war zu groß, daß man dem Sohn einen Gefallen tat. Frühauf wußte nicht, wie bei Rousseau & Edlibach die Nachfolge geregelt war. Daß Amstad aus Wut über den jungen Edlibach den alten ermorden ließ, war kaum denkbar.
Bei Restelbergs war das anders. Gerold Restelberg und sein Sohn aus erster Ehe wollten beide an die Spitze der RAG. Und Gerold Restelberg, der Vater, hatte am Limmatquai neben Pfarrer Sprecher gestanden. War der Schuß am Limmat-

quai für ihn bestimmt gewesen und hätte er getroffen, dann hätte Gerold Restelberg, der Sohn, jetzt freie Bahn. Die Großmutter war alt und der Stiefbruder zu klein.
Doch auch von den Restelberg waren ja weder der Vater noch der Sohn erschossen worden, sagte sich Frühauf. Trotzdem lief die Gedankenspinnmaschine weiter, und Frühauf fürchtete, sich in den Fäden zu verheddern. Gern hätte er jetzt jemandem von seinem Gehirnschach erzählt. Mit Gedanken war es wie mit Texten. Erst anderen Leuten vorgelesen, traten sie aus dem verwirrenden Dunst des Möglichen hervor.
In Bella's Bar gehen und Frauenfelder, den Fachmann, als Prüfstein benützen? Wenn Frauenfelder noch bei Bella war, ärgerte sich Frühauf nur darüber; er würde wahrscheinlich nicht einmal hineingehen, sondern draußen stehen bleiben und die Faust in der Hosentasche ballen. Ging er trotzdem hinein und wollte erzählen, würde Frauenfelder lachend abwinken und rufen: »Ich hab dir doch gesagt, daß die Geschichte für uns erledigt ist!«
Und Bella? Bella erzähle ich heute nichts, sie hat es nicht verdient, dachte er.
Da sah er vor sich einen hellen Pferdeschwanz

schaukeln. Er sah nur den im Takt der Schritte leicht hin und her pendelnden Schweif, und es kam ihm vor, als sei er um Jahrzehnte zurückversetzt. Er war wieder in der Kantonsschule. Ein scheuer, mäßiger Schüler, der von Schuljahr zu Schuljahr sehen mußte, wie er weiterkam, der darum die Schule haßte und die ganze Zeit seinen Eltern in den Ohren lag, sie sollten ihn von der Schule nehmen und eine Grafikerlehre anfangen lassen. Zeichnen und Aufsätzeschreiben waren seine einzigen Fächer mit annehmbaren Noten.

Eines schönen Tages jedoch pendelte wie das Perpendikel einer glückverheißenden Uhr ein blonder Pferdeschwanz durch seinen depressiven Mittelschülerhorizont. Pendelte im Takt absatzloser Schuhe, wie sie damals Mode waren, und zum Glockenschwung eines blauen Rocks vor seinem Gesicht vorbei und verschlug ihm den Atem. Er konnte sich nicht dagegen wehren, er hatte soeben seinen freien Willen verloren.

Es wurde eine einseitige, hoffnungslos verklemmte Geschichte. Das Mädchen wollte nicht viel von ihm wissen, so oft er sie auch ansprach und mit Aufmerksamkeiten überhäufte. Nicht einen einzigen Kuß gewährte sie ihm. Er warb, mit Unterbrechungen, an denen sie schuld war, jahrelang um sie, versuchte, die Widerstrebende nach jedem Korb zu vergessen, und war wieder ihr Opfer, sobald er etwas von ihr sah oder hörte. Dann zog sie weg, ins Ausland, hieß es. Sie hatten einander aus den Augen verloren, und er hatte sich gezwungen, nicht mehr nach ihr zu fragen. Alles lag weit zurück.

Sie trug immer noch den Pferdeschwanz, nur kürzer und strenger, und das Blond war jetzt von viel hellem Grau durchzogen. Unterdessen mußte sie ja auch fünfzig sein. Sie war es.

»Joelle.«

Sie wandte sich um. »Felix!«

Ihr Gesicht war grau und müde. Wo war der helle Glanz geblieben, der Frühauf seinerzeit gepackt und für Jahre nicht mehr losgelassen hatte? Es wurde keine heiße Umarmung, nur ein verlegener Händedruck.

»Lange her, daß man sich gesehen hat«, sagte er, um etwas zu sagen.

»Ja, lange her«, sagte sie, auch nicht phantasievoller. Sie konnte die Augen nicht stillhalten. Suchend schauten sie an ihm vorbei, gassauf und gassab.

»Was tust du in Zürich?«

»Ich bin am Sechseläuten, wie du siehst. Wir leben zwar in Genf, aber mein Mann ist Zünfter.«

»Ach!«

»Edlibach sind alte Zürcher. Solltest du wissen, Felix.«

»Edlibach? Edlibach von Rousseau & Edlibach?«

»Ja. Und ihn suche ich. Weißt du, auf welcher Stube sie jetzt zu Besuch sind?«

Er wußte es. »Ich will auch hin. Muß jemanden von ihnen sprechen«, sagte Frühauf. Täuschte er sich, oder wäre sie lieber ohne seine Begleitung hingegangen?

»Du hast zweimal versucht, mich anzurufen«, sagte er.

»Im Hotel lag eine Zeitung. Ich habe darin gestern eine Geschichte von dir gelesen und dachte plötzlich, es wäre schön, dich nach so vielen Jahren einmal wiederzusehen. Aber die Dame, zu der dein Anrufbeantworter mich umleitete, war nicht gerade entzückt.«

»Trotzdem hast du es ein zweites Mal versucht – noch vor dem Schuß.«

Sie fragte nicht, welchen Schuß er meinte. Sie

wußte, was geschehen war. Wußte es also schon die ganze Stadt? Aber die ganze Stadt schwieg, um sich das Sechseläuten nicht zu verderben?

Vor dem Zunfthaus stand eine zweite Zunft und wartete schon, daß die erste herauskam und sie in den Saal vorgelassen wurde. Die Musik spielte, junge Leute tanzten. Joelle Edlibach und Frühauf blieben am Rande stehen.

Joelle schaute zu Boden. »Ich habe Angst«, sagte sie so leise, daß es im Lärm kaum zu hören war.

»Wovor?«

»Ich wollte dich um Hilfe bitten. Ich kenne diese Stadt nicht mehr, aber du kennst sie. Da dachte ich –«

»Wovor hast du Angst?«

»Das fragst du? Entschuldige mich. Ich sollte mal. Meinst du, ich kann da hinein?«

Sie wartete nicht auf die Antwort. Sie ließ ihn stehen und schob sich wie eine starke Schwimmerin durch die Menge. Er sah, wie sie dem Securitaswächter erklärte, wie eilig es sei, und wie der ältere Mann verständnisvoll lächelnd nickte. Joelle verschwand im Zunfthaus. Sie kam nicht zurück.

Er überlegte, ob er sich auch zu dem Wachmann

durchkämpfen sollte, um ihn zu fragen, wo die Frau geblieben sei, da entstand dort vorn Bewegung: Sprechers Zunft verließ das Haus. Es war der letzte ihrer drei Besuche. Die Zünfter lachten und besprachen die Reden. Der Zugschef hatte Mühe, seinen Haufen in eine Ordnung zu bringen. Frühauf erkannte vertraute Gesichter. Er erkannte Amstad, den Apotheker, und er erkannte Edlibach von Rousseau & Edlibach mit Hauptsitz in Genf, verheiratet mit Frühaufs Schulschwarm Joelle, aber Joelle war nirgends. Schöne Bescherung! Sie suchte ihren Mann, aber sie saß auf der Toilette, während er bei für diese Nachtzeit erstaunlich strammer Musik davonmarschierte.

Einige Zünfter mochten dem Spiel nicht mehr folgen. Ältere Herren riefen »Gute Nacht« und machten sich gassaufwärts davon, nach Hause und ins Bett. Einer, der unschlüssig dastand, war Frühaufs auskunftsfreudiger Freund Leo.

»Du gehst schon heim?« fragte Frühauf.

»Zuviel gesoffen. Wirre Birne. Schlaf ist angezeigt.«

»Komm, trink noch einen Kaffee. Wenn du so in die Klappe steigst, dreht sich dir alles im Kreis wie ein Karussell. Kaffee wird dir gut tun.«

Er schleppte den Zögernden mit zurück in das ebenerdige Bistro des Zunfthauses, das sich langsam leerte. Sie fanden einen freien Tisch.
»Wie geht's der Zunft?« fragte Frühauf.
»Wie soll's ihr gehen? Ein schönes Sechseläuten war es wieder.«
»Trotz des Schusses?«
»Den hätte ich fast vergessen! Weißt du etwas von Sprecher?«
»Er ist tot.«
Wußte er nichts oder wußten es alle, und hatten sie sich geschworen, bis morgen früh nichts zu wissen?
»Tot?«
»Erschossen. Einigen von euch hab ich's schon beim Böögg gesagt.«
»Mir nicht. Und die andern haben geschwiegen.«
»Jetzt weißt du's. Doch ich bezahl dir den Kaffee nicht deswegen. Möchtest du noch einen?«
Leo mochte keinen Kaffee mehr, hingegen ein Weizenbier mit Zitrone.
»Zitrone macht mindestens so wach wie Kaffee«, dozierte Frühauf.
»Egal. Ich hab soviel Wein im Bauch, daß ich schlafen könnte, auch wenn ich einen ganzen Zi-

tronenbaum verschluckte. Wofür zahlst du mir das Bier?«

»Erzähl mir von Edlibach.«

»Hab ich das nicht schon?«

»Was weißt du noch über ihn?«

»Ich möchte nicht, daß –«

»Ich weiß, ich weiß, du hast zur andern Seite gewechselt. Man hängt den Journalismus an den Nagel und wird der verschlossenste Mensch, den es gibt. Das bekannte Konvertitenproblem. Trotzdem: Überwind dich und erzähl von Edlibach.«

»Was soll ich erzählen? Guter Mann, gute Familie, gute Firma.«

»Wie gut?« bohrte Frühauf.

»Sehr gut. Steinreich. Beziehungen über die ganze Welt. Wahrhaft global.«

»So gut, daß du für sie arbeitest?«

»Für Rousseau & Edlibach?«

Frühauf merkte, daß Leo Zeit zu schinden suchte. Er hatte getroffen. »Du weißt, daß ich es herausfinde, wenn ich will. Also, du arbeitest für ihn?«

»Tue ich, ja. Ich muß auch leben, Frühauf.«

»Du brauchst dich nicht zu verteidigen. Für wie gefährdet hältst du Edlibach?«

»Heute? Hier?«
»Hast du mit ihm geredet, seit wir uns beim Böögg getroffen haben?«
Leo stöhnte. »Habe ich. War meine Pflicht.«
»Und du glaubst, er ist gefährdet?«
»Schwer zu sagen. Ich habe ihm zur Vorsicht geraten. In Ubabaru ist so ziemlich der Teufel los. Hör mal, Frühauf, warum erzähle ich dir das eigentlich? Bist du die Polizei?«
»Nein, bin ich nicht, aber wir sind alte Freunde. Darum. Was hältst du von meiner Theorie, daß vielleicht gar nicht der Pfarrer mit dem Schuß gemeint war?«
Es kam wie aus der Pistole geschossen: »Absurdes Geschwätz! Panikmache.«
»Das ist die offizielle Version von Rousseau & Edlibach, nehme ich an. Und was hält Leo persönlich davon?«
»Er denkt, es sei leider nicht ausgeschlossen. Aber ich muß gehen, sonst fällt mir der Kopf vom Hals.«
Frühauf bezahlte. Draußen blieben sie noch einen Augenblick stehen. Leo mußte nach links, Frühauf wollte nach rechts, wieder ins Zentrum. Die Gasse war beinahe leer; einige wenige müde Zünfter wankten nach Hause. Einer im aufwen-

digen und nun etwas verrutschten Gewand einer Quartierzunft kam ihnen entgegen.
»Der neue Leiter der Herberge zur Heimat«, stellte Leo vor.
Frühauf hatte ihn noch nie gesehen.
»Stelze war doch Gast in Ihrem Haus«, sagte er.
»Er ist Gast in unserm Haus.«
Frühauf ließ ihn in dem Glauben; er würde von kurzer Dauer sein.
»Wenn ich etwas über Stelze wissen möchte, was ich ihn selber nicht fragen kann, wer, meinen Sie, könnte am besten Auskunft geben?«
»Ich noch nicht, aber Kingkong«, sagte der Hausleiter, ohne zu überlegen. »Kingkong weiß alles von allen.«
»Kingkong?«
»Heißt in Wahrheit Köniz. Köniz, wie das Dorf bei Bern. Aber ich sage Ihnen, das Z am Ende wäre besser ein G. In Wahrheit ist er der König über sie alle, wenigstens bei uns im Haus.«
Frühauf kannte Kingkong und konnte sich jedesmal, wenn er ihn sah, nicht an seinen Namen erinnern. Obwohl Kingkong aussah wie jenes Ungeheuer oder noch eher wie ein Tanzbär, riesig und auf unheimliche Weise gutmütig, nämlich solange man sich nicht über ihn lustig machte.

»Er hat einen Kopf wie eine Scheune. Speichert alles, vergißt nichts. Der geborene Kommandant. War er ja auch früher einmal.«
»Wie das?«
»Erst Fremdenlegionär, dann Söldner auf eigene Rechnung. Irgendwo in Afrika«, antwortete der neue Leiter der Herberge zur Heimat.
»Ich muß jetzt wirklich gehen«, sagte Leo. »Gute Nacht zusammen!«
»Komm gut heim!«
Söldner in Afrika. Offizier in einer privaten Armee. Wie hatte es von Rousseau & Edlibach geheißen? Frühauf ließ sich nicht anmerken, wie elektrisiert er plötzlich war. Und Leo sollte es nicht auch gewesen sein? Frühauf schaute ihm nach.
»Was ist mit Kingkong? Sie sind der zweite, der sich heute nach ihm erkundigt«, sagte der Herbergsleiter.
»Ich habe Sie nach Stelze gefragt, nicht nach Kingkong. Aber – wer war der andere Frager?«
»Eine Dame.«
»Die hieß?«
»Weiß ich nicht.«
»Blond, mit Pferdeschwanz?«
»Sie entschuldigte sich. Sie wohne nicht hier.

Und sie suche Kingkong oder einen, der ihr über Kingkong Auskunft geben könne.«
Joelle suchte Köniz, der Söldner in Afrika gewesen war. Davon hatte sie Frühauf nichts gesagt. Begreiflich, daß sie ihn nicht dabeihaben wollte.
»Sie haben die Dame in die Herberge gewiesen?«
»Ja. Sie wird schön die Nase rümpfen.«
Frühauf hörte es kaum noch. Er hatte es jetzt sehr eilig.

12
Rückkehr ins Zunfthaus

Mitternacht war vorüber. Verspätete Zünfte schleppten sich erst jetzt auf müden Beinen und ohne Ordnung wie verlorene Haufen von den letzten Besuchen in ihre Zunfthäuser zurück. Noch immer irrten Fetzen von Marschmusik durch die Luft, aber auch sie flügellahm wie alte Eulen; die Bläser waren erschöpft und die Trommler erledigt. Ein Betrunkener maß die Niederdorfstraße gewaltig nach links und rechts aus und grölte mit sich überschlagender Stimme: »So ein Tag, so wunderschön wie heute.« Wie ein hochaufgerichtetes, dunkles Gespenst stand das Großmünster in der Nacht.

In einer der schmalen Quergassen, die das Limmatquai und die Oberdorfstraße verbinden, war die Herberge zur Heimat, Unterschlupf für obdachlose, gestrandete Männer. Die Tür stand offen. Ein Geruch von unausgelüfteten Kleidern und scharfen Putzmitteln schlug Frühauf entgegen. Am schwarzen Wandbrett waren das Programm der neuen Woche und der Menüplan angeschlagen, jedoch keine Zimmerliste. Die Küche war verschlossen; im Eßraum saßen drei Männer, jeder für sich verloren an einem Tisch.

»Hau ab«, antwortete der erste auf Frühaufs Frage. Der zweite wollte in seiner Trunkenheit Frühauf eine Geschichte erzählen, und als Frühauf uninteressiert weiterging, versuchte er, aufzustehen und ihm zu folgen. Glück für Frühauf. Die Beine trugen den schweren Mann nicht mehr, er plumpste auf den Stuhl zurück und kicherte blöde vor sich hin.

»Was willst du von Kingkong?« fragte der dritte Mann, der ganz hinten in der Ecke saß, noch bevor Frühauf ihn anredete.

»Muß etwas von ihm wissen.«

»Polizei?«

»Nein, das würdest du doch merken.«

»Zimmer dreiundzwanzig. Zweiter Stock links.«

Auch diese Tür stand weit offen. Ein Zweierzimmer, durch eine Sperrholzwand in zwei Schlafboxen unterteilt, vor jeder ein Vorhang, graubraun wie ein Abwaschlappen. Beide Vorhänge waren zugezogen. Sie waren so kurz, daß man darunter die Füße sehen konnte, wenn jemand vor dem Bett stand. Im Abteil links war niemand. Im Abteil rechts sah Frühauf zwei Paar Füße gegeneinander gerichtet, eines in ebenso eleganten wie bequemen Damenlaufschuhen, das andere doppelt so groß, nackt und breit mit kräftigen Zehen an zwei schwarzbehaarten Beinen.

»Schreien Sie nicht wie ein Kalb, hier kann man alles hören, und die Wände haben Ohren. Im übrigen weiß ich nicht, was Sie wollen«, sagte eine Männerstimme, tief und heiser von Schnaps und Zigaretten.

Sie hat ihn aus dem Schlaf geholt, dachte Frühauf.

Joelle flüsterte aufgeregt, dem Weinen nahe. Wie schwere Steine in einen viel zu kleinen Teich fielen Kingkongs Sätze dazwischen, doch nun auch so leise gesprochen, daß Frühauf nichts verstand.

Joelle hatte Frühauf trickreich abgehängt, also wollte sie ihn nicht als Zeugen bei ihrem Handel mit Kingkong haben, was immer es für ein Handel war. Sie wußte nicht, was sie tat. Der Mann war ein professioneller Killer gewesen, wenigstens in Afrika. Er hatte Menschenleben auf dem

Kerbholz, auf eines mehr oder weniger kam es ihm nicht an. Mit einem solchen Typen legte man sich nicht ungestraft an, und aus seinen Händen kam man nicht ungeschoren frei.
Frühauf schaute sich um. Hoher Korridor, graugrün gestrichen, Sparlampen hingen an langen weißen Kabeln von der Decke herunter und verbreiteten mißmutig mattes Licht. Numerierte Zimmertüren, immer zwei und zwei nebeneinander, dann ein längeres Wandstück bis zum nächsten Türpaar. In den Zwischenräumen waren Grafiken aufgehängt, blühende Obstbäume, Wiesensträuße, alle grau geworden in dem fensterlosen Schlauch. Linoleum auf dem Boden, kein Teppich, aber das Ganze sauber. Auch hier überdeckten die Putzmittel sämtliche anderen Gerüche.
Frühauf wollte Joelle nicht mit Kingkong allein lassen. Vielleicht brauchte sie plötzlich Hilfe. Also wartete er und stand Wache. Aber nicht vor der offenen Tür wie ein Gardesoldat. Kingkong brauchte nur den Vorhang zu öffnen, und schon sah er den ungebetenen Horcher – und wer konnte wissen, ob er nicht eine Waffe in der Hand hielt? Es gab nur ein Versteck. Frühauf trat auf Zehenspitzen über die Schwelle, ging

lautlos um die offenstehende Tür herum und stellte sich dahinter. Hier sah ihn niemand, auch nicht, wenn sie hinausgingen und die Tür zuzogen.

Zwar sah auch Frühauf nichts außer der Maserung der Türbretter vor seiner Nase, dafür hätte er alles hören können – wenn Kingkong und Joelle nicht geflüstert hätten. Er verstand nichts. Was wollte sie von ihm? Sie wußte, daß auf Sprecher geschossen worden war.

Ihr Mann wird sie nach dem Essen gesehen haben, dachte Frühauf, und hatte ihr den Floh vererbt, den Frühauf ihm ins Ohr gesetzt hatte. Und auch Leo, Frühaufs alter Bekannter, hatte pünktlich Botendienste geleistet. Er mußte sie kennen – Zünfter kennen meistens auch die Frauen ihrer Mitzünfter – und hatte ihr gegenüber den Verdacht geäußert, Kingkong stecke dahinter, Kingkong, der als Kommandant einer privaten Armee früher einmal auf Edlibachs Lohnliste gestanden hatte – oder vielleicht noch immer darauf stand. Versuchte Joelle, naiv und ahnungslos, den Söldner umzustimmen? Machte sie ihm ein Angebot und bat um das Leben ihres Mannes?

Es konnte aber auch ganz anders sein. Frühauf merkte, wie er kalte und gleichzeitig feuchte

Hände bekam. Es konnte auch sein, daß Joelle mit dem Killer einen gegenteiligen Plan besprach. Sie hatte Frühauf am Vormittag angerufen, als noch niemand ahnte, daß am Nachmittag geschossen werden würde. Außer dem Schützen und seinen Hinterleuten natürlich. Hatte Joelle vielleicht schon am Vormittag etwas gewußt? Hatte ihr Mann Drohungen bekommen wie Sprecher? Oder gehörte sie selbst zu den Auftraggebern des Attentats und ihr Mann vielleicht auch? Er hatte immerhin in den afrikanischen Besitzungen seiner Firma eine Privatarmee unterhalten. Wollte er jemandem eine Warnung zukommen lassen? Hatte er am Ende mit Sprecher persönlich ein Hühnchen zu rupfen gehabt?
Oder war es noch einmal völlig anders, und wollte Joelle am Ende ihren Mann loswerden? Dann hätte Kingkong Stelze angeworben, weil die Zusammenhänge zu offensichtlich gewesen wären, wenn er selber geschossen hätte. Nun hatte Stelze, warum auch immer, den Falschen erwischt, und es ging darum, die Geschichte doch noch aufs richtige Geleise zu bringen. Nicht nur Frühaufs Hände waren inzwischen kalt und feucht, auch seine Füße.
Die beiden hinter dem Vorhang waren so mit

ihrer flüsternden Unterhandlung beschäftigt, und Frühauf, der sie nicht verstehen konnte, so sehr mit dem Abwägen der verschiedenen Möglichkeiten, daß sie alle drei nicht hörten, wie jemand das Zimmer betrat und eine Stimme plötzlich schrie: »Hände hoch!« Frühauf hörte Joelles erstickten Schrei. Beinahe hätte er auch einen Überraschungslaut von sich gegeben.
»Hände hoch!« wiederholte die Stimme. Es konnte nur Edlibachs Stimme sein. »Und aufstehen.«
»Jean Jacques!« rief Joelle bittend.
»Was tust du denn hier?« Er war eindeutig überrascht, Frühauf konnte es hören. Sie wollte etwas sagen.
»Halt den Mund! Geh hinaus. Und Sie ziehen Schuhe an! Eine unvorsichtige Bewegung, der kleinste Laut, und ich schieße.«
»Ist ja schon gut, Mann, machen Sie bloß nicht in die Hose vor Überlegenheit«, brummte der Söldnerführer, und es klang aufreizend unverzweifelt.
Frühauf meinte zu hören, wie Kingkong in seine Schuhe schlüpfte.
»Ich wäre bereit«, sagte Kingkong ruhig.
Edlibach befahl: »Sie gehen dicht neben mir. Die

Pistole in meiner Hosentasche ist geladen, entsichert und auf Sie gerichtet.«

»Passen Sie auf, daß Sie sich nichts wegbrennen, wenn Sie abdrücken. Bisher ließen Sie ja nur immer schießen«, höhnte Kingkong.

»Keine Sprüche. Los!« befahl Edlibach. »Du gehst voraus!« Das mußte an seine Frau gerichtet sein.

Das Bild, das Frühauf nicht sehen konnte, löste sich aus der Schreckensstarre und setzte sich in Bewegung. Er hörte die Absätze synkopische Takte schlagen. Die Tür wurde zugezogen. Frühauf kam sich mit einemmal unbekleidet vor.

Er wartete nur so lange, bis er damit rechnen konnte, daß niemand mehr auf dem Korridor war. Dann öffnete er langsam die Tür und steckte den Kopf hinaus. Der dreistimmige Kanon der Tritte trommelte die Treppe hinunter. Er folgte ihnen aus dem Haus, ohne daß ihn jemand gesehen oder gar aufgehalten hätte.

Sie gingen die Gasse hinab zur Schifflände, Joelle in einem leichten dunklen Mantel, ihr Mann in seinem bunten Zunftgewand, daneben Kingkong, der in einem Jogginganzug steckte. In jeder anderen Nacht ein seltsames Trio, in dieser nicht. Immer noch waren viele Leute auf der Straße. Die

Dreiergruppe fiel nicht auf, und keiner merkte, daß der, der als vierter weiter hinten folgte, dazugehörte.
An der Schifflände bogen Edlibach, Kingkong und Joelle nach links, Frühauf wie ferngesteuert ebenfalls. In den meisten Kneipen brannte noch Licht, und die Unentwegten saßen und tranken in ihre Müdigkeit wie in bodenlose Fässer. Die letzten Zünfte waren wieder zurück in ihren Häusern. Die Zünfter würden an den Tischen sitzen, die Musik, abgekämpft, noch einmal Aufstellung nehmen und zum letztenmal den Sechseläutenmarsch spielen, bevor sie nach Hause ging.
Von der Schifflände aus marschierten die drei mit dem vierten im Schlepptau zum Hechtplatz. Dort überquerten sie die Straße, ohne die Verkehrsregeln zu beachten. Am Tag hätte das tödlich sein können, aber um diese Zeit spielte es keine Rolle. Hier mußte Frühauf aufpassen, daß er nicht bemerkt wurde. Die Gassen hatten ihm Deckung gegeben; jetzt drückte er sich an den Wänden des Cabaret Terrasse entlang. Über die nächste Straße folgte er den dreien nicht. Er blieb stehen und beobachtete sie.
Die Gruppe rückte, von Edlibach wortlos angetrieben, bis zu den breiten Stufen vor, die zur

Limmat hinunterliefen und »Riviera« genannt wurden. Frühauf sah, wie Kingkong langsamer wurde, als er zum Wasser hinunterstieg, Edlibach dicht hinter ihm. Joelle blieb zurück, und bevor ihr Mann und der Söldner an der Limmat waren, drehte sie sich um und lief über die Straße davon. Edlibach, ganz mit Kingkong beschäftigt und vom Brummen eines Hubschraubers, der zum Universitätsspital flog, vorübergehend taub, merkte nichts.

Joelle lief Frühauf geradewegs in die Arme. Sie wollte etwas sagen oder rufen oder schreien, aber er hielt ihr die Hand vor den Mund.

»Ruhig«, flüsterte er.

Er zog sie in die Dunkelheit der kleinen Anlage vor dem Cabaret. Sie zitterte und lehnte sich an ihn. Das erste Mal, daß ich sie richtig in meinen Armen halte, dachte er. Aber er wandte kein Auge von dem ab, was drüben am Fluß geschah. Edlibach hielt jetzt die Pistole in der Hand und stieß dem zögernden Kingkong den Lauf in den Rücken, so daß der Söldnerführer ein, zwei Schritte nach vorn machte, bis er im Wasser stand. Da sagte sein früherer Arbeitgeber noch etwas zu ihm, bevor er abdrücken wollte. Und das war Edlibachs Fehler und Kingkongs

Chance. Kingkong wäre nicht der alte Soldat gewesen, hätte er sie nicht genutzt. Blitzschnell winkelte er sein rechtes Bein nach hinten und fegte mit einer anlauflosen, aber äußerst kräftigen Bewegung dem schußbereiten Edlibach die Beine unter dem Körper weg. Gleichzeitig langten die Hände des Riesen über den Kopf nach hinten, packten Edlibach, dessen Pistole ins Wasser geplumpst war, an seinem historischen Wams, hoben ihn empor und warfen ihn, als wäre er der Stemmstein in einem archaischen Wettkampf, in hohem Bogen in die Limmat. Edlibach klatschte ins Wasser, so daß es jenseits der Straße zu hören war. Die Spritzer leuchteten im Mondschein wie eine illuminierte Fontäne.

Auf der Quaibrücke waren ein paar nicht mehr ganz nüchterne Zünfter auf dem Nachhauseweg stehengeblieben, als sähen sie bei einem Schwingfest zu. »Bravo«, grölten sie und klatschten.

Edlibach wurde sofort von der Strömung mitgerissen; er machte keine Schwimmbewegungen. Er mußte starr sein vor Schrecken. Kingkong stürzte sich ihm nach, in wenigen Zügen war er bei ihm, packte ihn am Kragen und zog ihn in ebenso wenigen Zügen an Land. Er schüttelte erst sich selbst wie einen nassen Hund und dann

den taumelnden Edlibach. Die feuchtfröhlichen Zünfter auf der Brücke klatschten Beifall.
Edlibach konnte kaum auf den Beinen stehen. Kingkong mußte ihn immer noch am Kragen festhalten. Mit dem schlotternden Edlibach in den Händen sah er in der Dunkelheit aus wie ein Galgen, an dem ein Gehenkter baumelte.
Joelle wollte hinüberrennen, aber Frühauf ließ sie nicht los.
»Laß sie, sie haben sich noch etwas zu sagen.«
Kingkong redete überlaut in die Nacht hinaus, und Edlibach, auf Beinen wie weichgekochte Gemüsestengel, nickte dazu.
»Merk dir eins, Mann: Du läßt mich in Ruhe, und ich lasse dich in Ruhe. Hätte ich dir ans Leder gewollt, hätte ich's viel früher und billiger haben können. Ich arbeite nicht mehr für dich, ich bekomme keinen Lohn mehr von dir, wir haben nichts mehr miteinander zu tun. Wir haben eine gemeinsame Geschichte, gewiß, aber zu tun haben wir nichts mehr miteinander. Wenn's dir aber noch einmal einfallen sollte, mich versenken zu wollen, trommle ich meine alte Garde zusammen, und du hast nichts mehr zu lachen.«
Er ließ den zitternden Edlibach los; der fiel hin wie ein halbleerer Sack. Die Zünfter auf der

Brücke applaudierten, als säßen sie drüben im Opernhaus und hätten eine Arie gehört. Kingkong drehte sich nach ihnen um und lief ein paar Schritte auf sie zu. Sie eilten schimpfend davon. Kingkong blieb stehen und klatschte hinter ihnen her, wie wenn er Hühner verscheuchen wollte. Joelle lief zu ihrem Mann hinüber, während Kingkong über die Straße auf Frühauf zukam.

»Und was tun Sie hier?«

»Ich heiße Frühauf.«

»Weiß ich. Kennen Sie den?«

»Ihn nicht. Aber sie kannte ich. Ziemlich lange her«

»Muß einmal eine wunderbare Frau gewesen sein«, sagte Kingkong.

»Das können Sie mir glauben!«

Kingkong war durch und durch naß, und um seine Schuhe lief ein See zusammen.

»Trinken Sie einen mit mir, ich meine, wenn Sie sich abgetrocknet haben?«

»Warum nicht? Wollen Sie etwas Besonderes von mir?«

»Ich wüßte gern ein wenig mehr über Stelze.«

»Bin gleich zurück. Warten Sie in Bella's Bar.«

»In Bella's Bar?«

»Da verkehren Sie doch, oder etwa nicht?«

13
Rapport

In Bella's Bar saß kein Mensch mehr, und Bella war gerade dabei, die Rolladen herunterzulassen. Sie lächelte ironisch, als Frühauf eintrat, und verzog das Gesicht zu einer müden Grimasse, als er sagte, es komme noch jemand.

»Ich will ins Bett. Es war ein langer Tag.«

»Tu mir den Gefallen und laß noch einen Augenblick offen. Es ist wichtig.«

»Wichtig! Du läßt mich den ganzen Abend hängen, und wenn ich endlich schließen will, weil kein Knochen mehr da ist, der mir etwas zu verdienen gibt, trudelst du ein und sagst, es sei wichtig.«

»Du hattest ja Frauenfelder.«

»Ein netter Kerl. Freundlich, verständnisvoll, sichere Stelle, guter Lohn, dazu sieht er auch noch ganz annehmbar aus. Hat nur einen einzigen Fehler.«

»Er ist zu dick.«
»Nein, er geht zu früh ins Bett. Um halb zwölf sagte er, jetzt müsse er nach Hause, er habe morgen viel zu tun.«
»Siehst du!«
»Was?«
»Er ist nichts für dich.«
»Wenn du wüßtest, wie lange ich mich schon danach sehne, einmal um halb zwölf ins Bett zu kommen!«
»Kannst du doch. Am Sonntag.«
»Und wer kommt am Sonntag abend wie ein hungriger Wolf, und wünscht nichts sehnlicher, als daß ich ihm ein Stück Fleisch in die Pfanne haue, wer, he?«
»Ich wünschte, ich trüge noch größere Schuld an deiner Übernächtigung.«
»Soll ich jetzt die Rolladen herunterlassen oder nicht?« fragte Bella.
»Laß sie herunter, aber laß das Licht brennen. Wir haben zu reden, Kingkong und ich.«
»Kingkong kommt hierher?«
»Du kennst ihn?«
»Natürlich, ich kenne doch fast alle hier in der Gegend. Was hast du mit Kingkong?«
»Geschäftliches zu besprechen.«

»Laß dich nicht zu sehr mit ihm ein! Es ist gefährlich in seiner Nähe. Der Mann bringt Unglück.«

»Du meinst –?«

»Man flüstert schon den ganzen Abend, er habe etwas mit dem Schuß von heute nachmittag zu tun.«

»Ich dachte, es ist noch nicht öffentlich.«

»Offiziell vielleicht nicht, mein lieber Herr Zeitungsschreiber, aber öffentlich schon. Jeder weiß es, jeder redet insgeheim mit jedem von nichts anderem, aber man spricht nicht darüber. Wir können uns doch nicht unser schönes Sechseläuten verderben lassen!«

»Und was redet man?«

»Daß Kingkong die Hände mit im Spiel habe. Und ›die Hände im Spiel haben‹ heißt in seinem Fall, die Fäden in der Hand. Soll ich mich zurückziehen, wenn er kommt? Willst du die Tür abschließen, damit ihr ungestört seid?«

Sie zog die Leine aus dem Rollenkasten und ließ die schweren Laden hinuntersausen. Jetzt sah man von draußen nur noch durch das reklameverklebte Glas in der oberen Hälfte der Tür, daß in Bella's Bar noch Licht war.

»Ihr bedient euch selbst«, sagte Bella.

»Du gehst ins Bett?«
»Vielleicht, vielleicht noch nicht.«
»Und, kann ich nachher –?« fragte Frühauf.
»Vielleicht, vielleicht auch nicht«, antwortete Bella.

Er mußte nicht lange warten. Kingkong klopfte gegen das Glas, so daß Frühauf fürchtete, er zerdeppere es mit dem ersten Schlag.
»Was trinkst du?«
»Gibt es Whisky?«
»Natürlich gibt es Whisky. Scotch oder Bourbon?«
»Scotch.«
Es war ein dreißigjähriger mit einem dudelsackblasenden Schotten auf der Flasche. Frühauf fand ihn in Bellas Geheimfach in der Küche. Kingkong las, was auf der Flasche stand, und leckte sich den Mund. Frühauf holte zwei Gläser vom Gestell, niedrige, breite Whiskygläser wie Pferdehufe, und schenkte ein.
»Hat dir einer in Afrika den Nasenflügel abgeschossen?« fragte er Kingkong.
»Du kannst eine Katze nicht von einem Hund unterscheiden, Mann. Das war kein Schuß. Ein Messer war das. *Chinatown* gesehen, den Film?

Da schlitzen sie einem den Nasenflügel auf. Hat jemand bei mir versucht, in Marseille, nicht in Afrika. Mit dem linken Flügel gelang's. Überrumpelungseffekt.«

»Beim rechten nicht?«

»Ich laß mir nicht gern auf der Nase herumtanzen, auch nicht mit einem scharfen Messer.«

»Er hatte es dann selber in der Nase, nehme ich an.«

»Im Hals. Es stand ihm so gut wie eine rote Seidenkrawatte.«

Sie hoben die Gläser und tranken einander zu.

»Hattest du Stelze auf Edlibach angesetzt?«

»Hätte ich Edlibach umlegen wollen, hätte ich –«

»Das habe ich heute abend schon einmal gehört«, sagte Frühauf.

»Edlibach ist ein sehr kultivierter und bürgerlicher Mensch. Dieser Tag hat ihn ein bißchen aus der Fassung gebracht. Und ich vermute, du bist schuld daran, Frühauf.«

»Ich?«

»Stecktest nicht du ihm, der Schuß habe gar nicht dem Pfarrer, sondern einem andern gegolten?«

»Worauf du Gift nehmen kannst.«

»Trink bloß nicht zu schnell aus der Flasche mit

dem Schädel und den gekreuzten Knochen, Mann. Aber ob du recht hast oder nicht, jedenfalls hast du Edlibach aus dem Häuschen gebracht. Der arme Edlibach! Er meinte, wenigstens am Sechseläuten sei er ein unangefochtener Mensch. Da spielen die Spekulanten Kaufleute und die Industriellen Handwerker, und sie glauben, was sie spielen. Sie wollen es glauben und glauben es zähneknirschend und lachen dazu und winken ihren Frauen und nehmen die Blumen in Empfang und küssen die Damen, die sie ihnen bringen. Bescheidene puritanische Lebensfreude, eindimensionale Ehrlichkeit. Und dann kommst du und flüsterst ihm ein, Stelze habe ihn abknallen wollen. Du hast ihm sein ganzes schönes Sechseläuten verdorben.«

»Du meinst, ihm galt es nicht?«

»Ich meine gar nichts, Mann. Alles ist möglich. Du brauchst nur zu suchen, und du findest Dreck an jedem Stecken. Wozu haben wir die Feste? Der Mensch braucht die Illusion, hie und da sei alles einfach, rein und klar. Wenigstens einen Tag lang. Davon lebt er dann viele schummrige, schmutzige Tage mit vielen zweideutigen Händeln.«

»Weißt du, ob Stelze bei Bühler eingebrochen hat?« fragte Frühauf.

Kingkong wiegte seinen großen bärtigen Kopf hin und her. »Traust du ihm das zu?«
»Die Polizei sagt, die grüne Barbara und ihr Mann hätten geholfen. Sie sind verhaftet.«
»Da hast du eine einleuchtende Antwort.«
»Dir scheint sie nicht einzuleuchten.«
»Barbara und ihr Mann? Der Stubenhocker?«
»Sie sollen geständig sein.«
»Die zwei plus Stelze, ein geniales Einbrechertrio! Die kamen nicht von selbst auf die Idee, das kannst du mir glauben.«
»Und wer hatte die Idee? Man sagt doch, du wüßtest alles.«
»Manchmal weiß ich alles, manchmal weiß ich nichts«, sagte Kingkong.
»Und was weißt du heute?«
Kingkong hob nur die Achseln. »Hast du gewußt«, sagte er dann, »daß Stelze eine Freundin hatte?«
»Der versoffene, stinkende, bettelnde Stelze? Das wird eine Nummer sein!«
»Ja, der versoffene, stinkende, bettelnde Stelze«, kam das Echo von Kingkong zurück. »Der ungewaschene Kerl mit dem schnapsverätzten Gehirn, dieser Halbblödsinnige, der, solange es Gewinn brachte, an zwei Krücken ging und die

Leute auf der Straße um zwei Franken anquatschte. Jawohl, der hatte eine Freundin.«
»Und wer sollte das sein, bitte?«
»Frag nicht so inquisitorisch, wie wenn du von der Fürsorge wärst, Mann.« Kingkong lachte. »Sie ist nämlich von der Fürsorge.«
»Du meinst?«
»Ja, ich meine. Weiß der Teufel, wie er das fertiggebracht hat. Wahrscheinlich mit einem gewaltigen Appell ans soziale Gewissen. Sie war sein Beistand, und er hat sich Einlaß in ihr Bett verschafft. Er war Weltmeister im Mitleidschinden. ›Mich hat ja mein ganzes Leben lang noch nie eine Frau –‹ Ich hör ihn noch jammern, den gerissenen Kerl. So hat er gegen Morgengrauen Professionelle auf der Gasse angehauen, nur, um nichts bezahlen zu müssen. Du glaubst nicht, wie viele sich seiner erbarmten. Und dann kam er gegen Mittag in die Herberge und prahlte und machte sich lustig über die blöden Weiber. Ich hab ihm deswegen einmal die Faust in den Mund gesteckt.«
»Und bei der Frau Beistand gelang es ihm auch?«
»Das hat er mir selber gesagt. Und ich wußte genau, wann er aufschnitt und wann nicht.«

»Du meinst –?«
»Daß sie ihm geholfen haben müßte, wenn er den Einbruch bei Bühler gemacht hätte. Sie und ihr verflossener Freund. Allein und mit der Hilfe der zwei Grünen wäre er dazu nicht imstande gewesen. Aber mit ihr –«
»Wer ist sie?« fragte Frühauf.
»Schönmann heißt sie.«
»Rita Schönmann? Brunos frühere Freundin?«
»Ja. Und Bruno zog die Fäden.«
»Du magst ihn nicht?«
»Ich mag niemanden, der anderer Leute Haut zu Markte trägt.«
»Deine Haut?«
»Seh ich gehäutet aus? Meine nicht, aber Stelzes Haut.«
Ich muß schnell weg, wollte Frühauf sagen und sprang auf. Da kam Bella herein in dem roten Morgenmantel, den er ihr geschenkt hatte, barfuß.
»Was willst du?« fragte sie.
»Ich muß noch mal schnell weg. Nur über die Gasse. Bin gleich wieder da«, rief er.
»Schade. Ich wollte zum Schluß noch etwas mit euch beiden trinken«, sagte Bella.
»Laß ihn nur gehen. Ich vertrete ihn schon voll-

wertig bei dir«, gurrte Kingkong. Er lachte heiser, bis er husten mußte.

14
Mehlsuppe und Bier

Während Frühauf treppauf rannte, wühlte er in seiner Hosentasche nach dem großbärtigen Schlüssel zu Brunos Wohnung. Er brauchte ihn nicht, die Tür war offen, und, kaum drinnen, merkte Frühauf, daß der betrunkene Vogel zu sich gekommen und ausgeflogen war. Er mußte Hilfe gehabt haben. Hier hatte jemand systematisch gepackt; von all den sündhaft teuren Krawatten, reinseidenen Unterhosen, original englischen Lammwollsocken und Anzügen aus italienischen Topboutiquen war keine Spur mehr zu sehen. Sogar die Bettdecke war geschüttelt und ordentlich zurechtgezogen. Das war nie im Leben Bruno selbst gewesen. Das war eine Frau. Nicht eine Arnikka Restelberg, die nur Bettdecken zerknautschte. Eine geborene Fürsorgerin hatte hier die Hand im Spiel, kein Zweifel. Rita Schönmann.

Hatte Bruno, aus verordnetem Rausch vorzeitig aufgewacht, sie angerufen? Oder hatte sie geahnt, daß er in Schwierigkeiten steckte, und war als hilfreicher Engel herbeigeflattert, hatte den Ertrunkenen wiederbelebt und an ein sicheres Ufer gezogen? War das am Ende gar eine Art Entführung? Immerhin hatte sie, wenn man Kingkong glaubte, Stelze in letzter Zeit zu sich ins Bett gelassen, ob aus Erbarmen oder weswegen sonst, konnte dahingestellt bleiben. Stelze aber war tot, umgebracht, und manches sprach dafür, daß Bruno etwas damit zu tun hatte. Sie rächt sich am verflossenen Freund, weil er den neuen Freund auf dem Gewissen hat, sagte sich Frühauf und bekam wieder einmal eine Gänsehaut.

Er kramte auf Brunos Schreibtisch, bis er das Telefonbuch und darin Rita Schönmanns Adresse fand. Die Pistole war weg, die Munition ebenso. Den langen Schlüssel mit dem großen Bart schob er unter einen Haufen Papier, zog die Tür hinter sich zu und lief die Treppe wieder hinunter. Im Vorbeihasten warf er einen Blick durch das Türglas in Bella's Bar.

Breit und bärtig thronte Kingkong oben am Tisch, ein Glas, eine Flasche und einen Teller vor sich, und Bella saß über Eck und sah ihm ins

Gesicht und hörte seinen Erzählungen zu. Der rote Morgenrock war verrutscht und ließ ihre nackten, langen, schlanken, leuchtend weißen Beine sehen. Fehlt nur noch, daß sie sich ihm auf die Knie setzt und seinen Bart streichelt, dachte Frühauf grimmig und rannte weiter.
Er hörte den Glockenschlag von der Predigerkirche. Halb zwei. Er lief an Zunfthäusern vorüber, in denen die erschöpften Zünfter jetzt den Rapport über die drei Besuche auf fremden Stuben hörten. Die Redner würden sich Mühe geben, die kleiner gewordene Runde wach zu halten und noch einmal zum Lachen zu bringen. Kellnerinnen mit wunden Füßen und Schmerzen im Kreuz trugen Mehlsuppe und Brötchen auf und schenkten Bier ein. Kaum jemand war mehr unterwegs.
Ob es klug war, sich kopfüber in eine Geschichte zu stürzen, die ihn nichts anging und die er besser der Polizei überließ, wenn es denn überhaupt eine Geschichte war, fragte er sich erst, als es zu spät war, nämlich als er im Wohnzimmer von Rita Schönmanns Zweieinhalbzimmerwohnung stand. Sie war nicht weit von seiner eigenen Wohnung entfernt, vorbei an der Mühlegasse und zwei Gassen weiter.

Es war eins von den Häusern, die in den sechziger Jahre ausgekernt und entseelt worden waren. Im Erdgeschoß eine Papptellerpizzeria, in der Schummerlicht brannte und mißmutig den Morgen herbeisehnte. Fensterrahmen aus Kunststein statt des mittelalterlichen Sandsteins, Haustür aus Metall wie ein Tresor, Metall auch die Briefkästen, jeder mit zwei, drei Namensschildern versehen. Ein einziger nur mit einem Namen. Rita Schönmann, 3. Stock. Er läutete.

»Wer ist da?« wollte die Stimme aus der Gegensprechanlage wissen.

»Frühauf. Ich brauche Bruno.«

Einen Augenblick Stille, dann das Gesurr des Türöffners. Auch eine Antwort.

Im Treppenhaus gelbgraue Fliesen, wie man sie früher aus Metzgereien kannte. Kaltes Neon an der Decke. Der Lift für drei Personen, vorausgesetzt, sie waren nicht zu dick.

Als er ausstieg, starrten ihm zwei rotgestrichene Wohnungstüren abweisend entgegen, die dritte dazwischen war einladend geöffnet. Leise Musik und der Geruch von süß parfümierter Seife strömten aus dem freundlichen Schlund.

»Kommen Sie herein, ich bin gleich fertig«, rief eine Frauenstimme.

Ihr Bademantel war nicht rot, sondern gelb. Sie war nicht groß und nicht schlank, sondern ziemlich klein und rundlich, sommersprossenübersät und ungemein erotisch. Ihr kurzes rotblondes Haar stand in alle Winde. Er schwor, daß sie eben noch mit Bruno im Bett gelegen hatte. Sie ging voraus ins Wohnzimmer.
»Ich war schon im Bett«, sagte sie wie die Stimme aus seinem Kopf.
Und als sei sie nur in seinen Gedanken und brauche er deshalb keine Rücksicht zu nehmen, fragte er: »Mit Bruno?«
Er hätte sich die Zunge abbeißen können und erwartete, daß die Bewährungshelferin entrüstet war. Keine Spur! Sie nickte ernst und sagte: »Ja, mit Bruno. Er kam, um mich zu trösten. Sie wissen ja –«
»Hat er Ihnen so viel bedeutet?«
»Wir hatten die Absicht zu heiraten.«
Er konnte seine Verwunderung nicht verbergen.
»Sie und Stelze?«
»Er war ein sehr wertvoller Mensch. Ich wollte ihn zu dem machen, was er ist – war.«
Sie begann zu weinen. Bruno kam in einer gestreiften Pyjamahose aus dem Schlafzimmer gestürzt.

»Was zum Teufel tust du hier? Laß mich endlich in Ruhe!« Doch dann besann er sich. »Setz dich«, befahl er. Er drückte die Handballen gegen die Schläfen.

»Kopfschmerzen?« konnte Frühauf sich nicht enthalten zu sticheln.

Brunos Blick sagte genug. Frühauf wußte, wie die Pfeile schmerzten, die sich in Brunos Schädel bohrten. »Du bist nicht bei Arnikka. Warum nicht? Ist es dort zu gefährlich, weil die Polizei auftauchen und nachfragen könnte, wer im Restelbergschen Umbau die Bretter über dem Loch im Boden weggezogen hat, während Stelze oben auf dem Gerüst kauerte, das Gewehr durch das Loch in der Abdeckung hielt und zielte?« Er schaute die Bewährungshelferin an. »Wußten Sie, daß der da Ihren Verlobten umgebracht hat?«

Sie nickte. »Stelze ist selber schuld. Er hat seinen Auftrag nicht erfüllt. Ließ sich von seiner Wut auf den Pfarrer hinreißen und hat ihn erschossen.«

»Und was wäre sein Auftrag gewesen?«

»Er sollte nur einen Warnschuß abgeben, mehr nicht.«

Bruno drehte sich um und ging ins Schlafzimmer zurück.

»Einen Warnschuß? Und wohin?«

»In eine Straßenlaterne. Wenn der junge Restelberg daran vorbeiging, sollte sie zerspringen. Als Warnung. Die Leute müssen wissen, daß sie nicht einfach tun können, was sie wollen.«

»Was wollen sie denn tun?« fragte Frühauf.

»Sie streiten sich um die Leitung der Firma, die Alte, der Sohn und der Enkel. Und während sie streiten, geht es mit dem Geschäft bergab. Man hört von großen Restrukturierungsplänen, und das heißt: Es sollen Leute entlassen werden. Als ob wir noch nicht genug Arbeitslose hätten! Wir wollten die Familie Restelberg an ihre soziale Verantwortung erinnern.«

»Mit einem Schuß?« Frühauf schüttelte den Kopf.

»Was hätten wir anderes tun können?« sagte Rita Schönmann.

»Wer ist ›wir‹?«

»Eine Gruppe, die sich dem Kampf gegen verantwortungslose Gewinnmaximierung verschrieben hat. Ich gehöre dazu.«

»Bruno auch?«

»Bruno und noch einige andere.«

»Und Bruno brachte Sie auf die Idee mit dem Warnschuß?«

»Nach dem Einbruch in Bühlers Waffenhand-

lung hatte Stelze nicht alles in der Sihl versenkt. Ich wußte es, und Bruno wußte es auch. Er kam zu mir und sagte: ›Das wäre die Gelegenheit. Stelze ist ein guter Schütze.‹«
Frühauf wollte aufstehen.
»Sie sollen sitzen bleiben«, sagte Rita Schönmann.
Die Pistole, die sie in der Hand hielt, mußte in der Tasche ihres Morgenrocks gesteckt haben. Frühauf hatte den Verdacht, daß derselbe Lauf ihm an diesem Abend schon einmal entgegengeblinzelt hatte.
»Sie drohen mir? Wissen Sie, was ich glaube? Sie werden in dieser Geschichte bloß benützt. Und wenn man Sie benützt hat, wirft man Sie weg, zum Abfall.«
»Schweig«, sagte Bruno, der aus dem Schlafzimmer kam, angezogen, mit einem Bündel Kleider im Arm. »Du begreifst gar nichts.«
»Wir begreifen beide nichts«, rief Frühauf. »Sie nicht und ich nicht. Jedem erzählst du eine andere Geschichte. Erzähl uns endlich die richtige!«
»Das ist die richtige«, sagte die Bewährungshelferin und winkte mit der Pistole.
»Zieh dich an«, sagte Bruno und klatschte ihr einen Teil der Kleider vor die Füße. Sie warf ihm

die Pistole zu; er fing sie im Flug auf und richtete sie wieder auf Frühauf.
Rita Schönmann legte, ohne zu zögern, den gelben Morgenmantel ab. Ihr Körper war über und über mit gelbroten Sommersprossen besät. Die Haare waren so rotblond wie auf dem Kopf. Bruno mit der Pistole stand daneben und blickte mit stolzem Besitzergrinsen zu Frühauf hinüber.
Als Rita Schönmann angezogen war – Jeans und Pullover –, warf Bruno ihr die Pistole wieder zu. Eine kleine Zirkusnummer. Frühauf dachte an die Bikinifrau vor dem großen Brett und den Mann, der die Messer schmeißt.
Bruno zog den Gürtel an seiner Hose enger. »Wir können dir nicht länger Gesellschaft leisten. Es ist zuviel passiert«, sagte er. Sie nickte.
»Du wirst dich deshalb bitte ins Schlafzimmer hinüber verfügen.«
Sie unterstrich, was er sagte, mit unmißverständlichem Pistolenwippen.
Frühauf blickte sie an. »Glauben Sie ihm nicht. Er denkt nicht an die Arbeitslosen. Er ist kein Helfer. Er ist der blanke, selbstsüchtige Egoist. Er braucht Sie, um hier herauszukommen. Dann geht er zu der reichen Arnikka Restelberg zurück und läßt Sie fallen.«

»Wie Abfall. Das erwähnten Sie schon«, sagte sie.
»Er soll uns doch wenigstens die wahre Geschichte erzählen.«
»Ich weiß nicht, was du meinst«, sagte Bruno.
»Steh auf und geh hinüber!«
Sie verriegelten die Tür hinter ihm. Das Schlafzimmer hatte kein Fenster, und Bruno hatte die Birne aus der Lampe geschraubt. Es war stockdunkel, und die Luft war verbraucht.
Frühauf hörte Geflüster, dann Schritte, die wegliefen, dann die Wohnungstür, die zufiel.

15
Räbenspiel

Zum drittenmal an diesem Sechseläuten brauchte Frühauf die Ahle seines Taschenmessers, diese treue Helferin. Das einfache Schloß an Rita Schönmanns Schlafzimmertür war keine Sache für sie. Schwieriger wurde es bei der Wohnungstür. Der Dreifachverriegelung war mit dem einfachen Instrument nicht beizukommen. Sollte er einen Freund anrufen, damit er ihn hier herausholte? Aber wer eine fremde Wohnung aufbrach, machte sich strafbar. Dann lieber gleich die Polizei. Die Polizei? So würde Frauenfelder doch noch zu den Informationen kommen, die Frühauf ihm bisher vorenthalten hatte.
Er suchte das Telefon und sah, daß Bruno ihn seiner Sorgen enthoben hatte. Das Kabel war aus dem Apparat gerissen. Frühauf würde wohl nichts anderes übrig bleiben, als das Wohnzimmerfenster zu öffnen und um Hilfe zu rufen.

Das Fenster ging auf einen Hinterhof hinaus. Von unten, aus der Pizzeria, stieg der Gestank von billigem Fett herauf, und die Lüftung der Küche röhrte so laut wie ein Düsenantrieb. Niemand würde seine Hilferufe hören.

Doch er sah, daß keinen Meter neben dem Fenster das Abflußrohr von der Dachtraufe in den Hof hinunterlief. Wenn er Glück hatte, war es stabil genug und trug sein Gewicht. Er zog seine Schuhe aus, knüpfte sie an den Bändern zusammen und hängte sie sich um den Hals. Es war ein rechtes Stück Akrobatik, aus dem Fenster und zu dem Rohr zu gelangen. Beim Hinunterklettern wurden seine Socken zerrissen und seine Hände aufgeschürft. Unten angekommen, mußte er einen Augenblick verschnaufen. Dann zog er die Schuhe an und ging auf die Gasse hinaus.

Er war noch nicht bei Bella's Bar angekommen, da rollte langsam ein Taxi an ihm vorüber. Im Licht der Straßenlaterne sah er Edlibach im Fond sitzen, in trockenem Anzug, die durchnäßte Folklore ausgezogen, neben ihm Joelle, den Kopf an seine Schulter gelehnt. Wußte sie Bescheid über seine afrikanischen Machenschaften? Erstaunlich, wie wenig Ehepaare oft voneinander wußten. Die wenigsten kannten zum Beispiel die

Geschichte vom ersten Liebesabenteuer ihres Allernächsten. Als einer von Frühaufs entfernten Vettern gestorben war, hatte dessen Frau nicht einmal gewußt, wo er als Kind gewohnt hatte. Vergrabene Geschichten, dachte Frühauf. Wir sind wie aufgeputzte Gräber, innen voll zerfallener Zeit und vermoderter Welt. Vielleicht war es überhaupt besser, man wußte nicht alles voneinander und von sich selbst?
Bei Bella brannte noch Licht, aber die Rolladen waren heruntergelassen, der Eingang verschlossen. Frühauf lugte durch das Glas in der Tür hinein. An ihrem Tisch saßen, Hüte ab, Perücken weggelegt, Westen aufgeknöpft und Bäuche vorgestreckt, die gestärkten Kragen vor den gutgeölten Adamsäpfeln gelockert, Schuhbänder gelöst, die Richter mit schweren Köpfen und zerzaustem Haar. Voll waren sie und todmüde und becherten weiter und hielten ein Küchenmesser in der rechten Faust, um Brot und Käse damit abzusäbeln und in sich hinein zu stopfen, und sangen, nach links und nach rechts schunkelnd wie dümpelnde Boote, mit vollem Mund: »So ein Tag, so wunderschön wie heute.«
Niemand merkte, daß jemand an der Tür rüttelte.

Verdrossen ging Frühauf weg, die Gasse hinunter. Auch im Zunfthaus der Familie Restelberg brannte noch Licht, unten knausrig, oben im Zunftsaal vergeudeten die gewaltigen Leuchter Strom wie sinnlose Sonnen. Frühauf setzte sich ins halbdunkle Erdgeschoß. An einem Tisch hockten drei Jungzünfter und lösten, in sich gekrümmt, die Grundfragen des Alls. Es dauerte lange, bis ein Kellner mit grauem Gesicht und verschmierter Schürze kam und Frühauf fragte, ob er noch etwas trinken wolle. Die Frage war nicht mehr besonders gastfreundlich gestellt.
»Ein Bier«, sagte Frühauf, und weil er merkte, wie groß sein Durst war, rief er ihm nach: »Ein großes!«
»Ein großes Bier«, leierte der Kellner laut, als müsse er es der Frau am Buffet zurufen. Aber am Buffet stand keine Frau. Der Kellner ließ das Bier eigenhändig heraus.
Frühauf trank und leckte sich den Schaum von der Oberlippe. Das blaßgelbe Allerweltsbier schmeckte aufdringlich nach Blech. Was wollte er hier? Er hörte Frauenfelder mit belehrender Stimme referieren: »Der Fall ist gelöst! Laß dir's gesagt sein, Frühauf, der Fall war von Anfang an sonnenklar. Bin bloß froh, daß Stelze nicht mehr

lebt. Er hätte mir leid getan, der arme Hund. Wäre für Jahre hinter Gitter gewandert. Hätte er nie im Leben ausgehalten.«

Frühauf wußte, was er wollte. Er wollte die Lösung. Warten wollte er, bis die Lösung sich zeigte.

Vorerst kamen nur ein paar junge Gesellen, lärmend wie eine Geröllawine die Treppe heruntergedonnert. Sie rissen die Tür auf.

»Kommt ihr mit?«

Die drei Denker tauchten aus den Tiefen des Welträtsels empor, sprangen auf und liefen ihnen nach.

»Wir wollen gelegentlich Feierabend machen«, sagte der Kellner drohend zu Frühauf.

»Das Bier werde ich ja noch austrinken dürfen. Kennen Sie die Jungen aus der Zunft?«

»Manche kenn ich, manche nicht.«

»War einer von denen eben nicht der junge Restelberg?«

»Ja. Der lange Blonde.«

»Und was unternehmen die jetzt noch?«

»Die gehen hinüber zum Räbenspiel in der Meise.«

»Sind noch viele oben?«

»Zwei Dutzend vielleicht, alles Ältere.«

»Der alte Restelberg auch?«
»Nein, der nicht mehr. Der ist gegangen, schon vor dem Auszug.«
»Ich dachte, er sei bei den Stubenhockern geblieben.«
»Der nicht! Mitten beim Nachtessen aufgestanden und weg. Ohne Gruß, ohne nichts. Als hätte ihn eine Schlange gebissen.«
»Und nicht wiedergekommen?«
»Nicht wiedergekommen«, sagte der Kellner.
»Dann will ich zahlen«, sagte Frühauf.
»Ja, wir schließen hier auch gleich.«
Hatte er mit seiner Vermutung doch etwas angerichtet? Es war nicht ausgeschlossen, daß er einen Holzstoß angezündet hatte. Wer war der Böögg darauf?

Frühauf ging ohne Eile der Limmat entlang bis zum Helmhaus und zur Wasserkirche. Auf der anderen Seite des Flusses, im Zunfthaus zur Meisen, spielten die Jungen im Zunftsaal im zweiten Stock jetzt das Räbenspiel, und der junge Gerold Restelberg spielte mit.
Frühauf schaute zu den hell erleuchteten, hohen Fenstern hinüber, die sich im nächtlichen Fluß spiegelten, und beschloß, wieder einmal beim

Räbenspiel zuzuschauen. Es war Jahre her, seitdem er zum letztenmal dabeigewesen war.
Zwei Stühle, die einander gegenüber auf einem Tisch standen. Auf dem einen Stuhl drei große Gläser, randvoll mit Wein. Auf dem andern Stuhl ein junger Zünfter mit einem breiten Hut auf dem Kopf. Zwischen den Stühlen hing die Rübe an einer Schnur von der Decke herab, bis auf Kopfhöhe des Spielers. Das Räbenlied wurde angestimmt, die Rübe in Schwingung gebracht, entweder hin und her oder im Kreis. Aufgabe des jungen Zünfters war es, mit gestrecktem Rücken nach den Gläsern zu greifen und zu trinken. Blieb der Hut dabei auf dem Kopf, war der Zünfter glücklich aus dem Spiel. Schlug die Rübe den Hut vom Kopf, mußte es wiederholt werden, und immer mit vollen Gläsern, ein mörderisches Spiel. Die jungen Leute fielen dabei reihenweise unter den Tisch.
Frühauf ging über die Münsterbrücke, vor sich wie einen Adventskalender das Zunfthaus, links davon, dunkel in den Himmel ragend, den Turm des Fraumünsters, im Rücken als schwarzes Gebirge das zweitürmige Großmünster.
Im Hof des Zunfthauses drängten Jungzünfter zum Eingang. Ältere Zünfter erkämpften sich

lachend den Weg ins Freie. Bühler, der Büchsenmacher, war einer von ihnen.
»Ein schönes Sechseläuten war das wieder«, sagte er zu Frühauf.
»Wenn der Mord an Pfarrer Sprecher nicht gewesen wäre«, antwortete Frühauf.
»Ja, leider. Und Sie haben ja allerhand angerichtet mit Ihren Vermutungen, wem der Schuß in Wirklichkeit gegolten haben könnte. Wie ein Abzählreim macht das heute nacht unter den Zünftern die Runde: ›Bist du es, bin ich es? Kommt nicht aus bis Lichtmeß.‹ Dann also gute Nacht!« Bühler lachte und ging.
Frühauf kam bis zum Eingang des Zunftsaals im zweiten Stock, aber keinen Schritt weiter. Er mußte auf einen Fenstersims klettern, um etwas sehen zu können. Aus dem Saal tönte wie Drehorgelmusik der Gesang des Räbenliedes. Frühauf erblickte einen jungen Zünfter mit breitem Hut auf dem Kopf, der versuchte, aus dem Glas zu trinken und zugleich der pendelnden Rübe auszuweichen. Es gelang ihm nicht, die Rübe schlug ihm den Hut herunter. Es war der junge Restelberg.
»Hopp, Gerold. Noch einmal!« riefen die Zuschauer.

»Wieder von vorn, und zum Teufel mit der Rübe!« schrie Gerold Restelberg auf dem Stuhl.
»Der hält sich nicht mehr lange da oben. Bald wird er herunterfallen wie ein voller Sack«, sagte jemand in Frühaufs Nähe.
Das Räbenlied setzte wieder ein. Gerold Restelberg hielt ein neues Glas in der Hand. Seine Bewegungen, mit denen er der Rübe ausweichen wollte, wurden fahriger. Er hatte das Glas noch längst nicht ausgetrunken, als die Rübe ihm den Hut schon wieder vom Kopf schlug.
»Getroffen«, grölte er, »die Rübe ist der bessere Schütze!« Dann kippte er zur Seite. Einer seiner umstehenden Freunde fing ihn auf. Der Betrunkene wurde durch das Gedränge hinausgeführt. Von seinem Fenstersims aus konnte Frühauf sehen, wie unten zwei junge Männer in Zunftkostümen aus dem Haus kamen und über den nun beinahe leeren Hof zum weit offenstehenden Gittertor gingen, Gerold Restelberg zwischen sich, wie einer ein Taxi heranwinkte und die beiden ihn in den Wagen schoben. Frühauf kletterte eilig vom Sims herunter und schob sich zwischen den Leuten hindurch, die für niemand anders Augen hatten als für den neuen Räbenspieler. Bis er im Hof ankam, war das Taxi weg.

»Er meint, daß sein Vater sich einbilde, er habe ihn erschießen lassen wollen«, hörte er den einen der beiden Helfer sagen.

»Das könnte mein Vater sich auch einbilden«, sagte der andere.

Frühauf schaute ihn an und glaubte, Joelles Züge in seinem Gesicht wiederzuerkennen.

»Sind Sie der junge Edlibach?« fragte er und trat auf die beiden zu.

»Ja, warum?«

»Grüßen Sie Ihre Mutter von mir. Frühauf – ich heiße Felix Frühauf. Sind Sie mit Gerold Restelberg befreundet? Sie gehören nicht zu derselben Zunft.«

»Wir haben beide hier in Zürich mit dem Studium begonnen.«

»Und sein Vater glaubt wirklich –?«

»Irgend jemand hat ihm das eingeflüstert, und seither habe es den ganzen Abend in ihm gekocht, behauptet Gerold«, sagte Edlibach. »Aber wir wollen wieder hinaufgehen.« Und weg waren sie. Es hatte keinen Zweck, ein Taxi zu suchen. Sie waren rar in dieser Nacht, und Frühauf hatte es nicht eilig. Einholen konnte er den jungen Gerold Restelberg sowieso nicht mehr.

Die frische Luft tat Frühauf gut nach dem Rauch und dem Lärm im Zunfthaus. Er überquerte die Limmat und stieg am Großmünster vorbei die Kirchgasse hinauf und war noch nicht an ihrem oberen Ende angelangt, als er das Sirenengeheul von Polizeiwagen hörte.
Frühauf brauchte fast eine halbe Stunde, bis er da war. Die Zufahrt zur Villa Restelberg war von Polizeifahrzeugen und Ambulanzen versperrt. Als Frühauf zum Eingang wollte, hielt ein Polizist ihn auf: »Gehören Sie zur Familie Restelberg?«
»Nein, aber –«
»Dann muß ich Sie bitten zurückzutreten.«
»Was ist passiert?«
»Ich darf Ihnen keine Auskünfte geben.«
»Hören Sie«, sagte Frühauf ohne große Hoffnung, »ich bin mit Frauenfelder befreundet, Ihrem Chef.«
»Das behaupten alle. Sind Sie von der Presse?« fragte der Polizist.
Frühauf antwortete nicht. Er hörte Frauenfelders Stimme sagen: »Ich komme im Laufe des Vormittags noch einmal.«
Von weitem sah er ihn mit Uta Restelberg vor der Eingangstür stehen. Über ihnen brannte eine

Lampe aus vielfarbigem Glas. Jetzt traten beide zur Seite, und zwei Beamtinnen führten Arnikka aus dem Haus zu einem der Polizeiautos; gleichzeitig kamen zwei schwarze Leichenwagen langsam die Straße heraufgefahren. Frauenfelder schüttelte Uta Restelberg die Hand.
»Nimmst du mich mit?« fragte Frühauf, als Frauenfelder in seinen Wagen steigen wollte.
»Selbstverständlich«, sagte Frauenfelder. Er fragte mit keinem Wort, was Frühauf hier suche.
»Du warst schneller«, sagte Frühauf, als sie die Zürichbergstraße hinunterfuhren.
»Schneller als du und trotzdem zu spät.«
»Warum hast du Arnikka verhaften lassen?«
»Weil sie ihn erstochen hat.«
»Den jungen Gerold?«
»Nein, den alten, ihren Mann«, sagte Frauenfelder. »Den jungen hat der Alte erschossen.«
»Wie ging das denn vor sich?«
»Ich war so wenig dabei wie du«, sagte Frauenfelder. »Ich weiß nur, was die alte und die junge Restelberg und die Hausangestellte mir erzählt haben. Gerold Restelberg, der Vater, muß schon um neun nach Hause gekommen sein. Die beiden Frauen sind noch nicht daheim. Er ist wütend, schreit durchs Haus, verflucht seinen Sohn,

der ihn habe umbringen lassen wollen, um die Firma übernehmen zu können, holt eine Jagdwaffe aus dem Gewehrschrank, lädt sie, fuchtelt damit herum, stellt sie wieder zurück, trinkt in seine Wut hinein und läuft wie ein Tiger von einem Zimmer ins andere. Kurz nach Mitternacht treffen die beiden Frauen ein. Gerold läßt sich nicht beruhigen, will nicht ins Bett. Also bleiben auch die Frauen auf, bis der junge Gerold Restelberg heimkommt. Er ist stark betrunken. Der Vater schreit ihm ins Gesicht, droht. Der Sohn widerspricht, und als der Vater nichts zurücknehmen will, schlägt der Sohn zu. Da holt Gerold, der Vater, die Flinte aus dem Schrank und schießt. Uta und Arnikka stehen dabei. Arnikka hat, woher auch immer, plötzlich ein Messer in der Hand und sticht zu. Beide liegen am Boden, tot. Uta Restelberg ruft die Polizei. So scheint es sich abgespielt zu haben.«

»Aber warum bringt Arnikka ihren Mann um?« fragte Frühauf sich selber ebenso wie Frauenfelder.

»Sie soll mit dem Chauffeur ihrer Schwiegermutter ein Verhältnis haben. Es wird ihr nicht gefallen haben, daß ihr Mann hierbleiben wollte.«

»Beide Restelberg tot. Vorher Pfarrer Sprecher.

Glaubst du jetzt, daß da ein Zusammenhang besteht?«

»Du hast ihn hergestellt«, antwortete Frauenfelder. »Das haben wir jetzt davon.« Er lud Frühauf am Neumarkt aus.

Bella's Bar war zu. Die Rolladen mit Vorhängeschlössern gesichert, die Tür verriegelt. Nicht einmal das Schlafzimmerfenster in der Etage darüber stand wie sonst einen Spaltbreit offen. Bella wird doch nicht Kingkong mit nach oben genommen haben? dachte Frühauf.

Müde und mißmutig ging er nach Hause.

16
Nachsechseläuten

Am Dienstag kroch Frühauf erst gegen Mittag aus den Federn. Er holte die Zeitungen herein, die wie vernachlässigte Haustiere vor der Wohnungstür lagen, und lachte über die Gespenster des Morgengrauens. Bella nahm Kingkong zu sich herauf? Undenkbar!
Die Zeitungen berichteten seitenlang und mit vielen Bildern vom Sechseläuten. Der Mord an Pfarrer Sprecher war das Hauptthema. Frühauf fuhr mit der Hand über seinen Fotoapparat, der auf dem Küchentisch lag. Darin steckten die besten Bilder vom Tod des Pfarrers. Sollten sie vorläufig bleiben, wo sie waren.
Daß Bella auch mit Frauenfelder nichts hatte, glaubte Frühauf nur, bis er ihn in Bella's Bar beim Mittagessen sitzen sah und sich wohl oder übel zu ihm setzen mußte.
Frauenfelder berichtete, Bruno und Rita Schön-

mann seien mit dem Auto verunglückt. »Tot«, sagte er mit vollem Mund, »beide tot, er und seine Freundin.«

»Rita war nicht seine Freundin«, rief Bella aus der Küche. »Rita war Stelzes Freundin. Sie wollte ihn heiraten.«

»Und jetzt ist Stelze tot und Rita auch, und beide am gleichen Tag und doch nicht miteinander ums Leben gekommen«, sagte Frauenfelder.

»Ob miteinander oder nicht, im Fall des Todes ist das egal. Jeder stirbt für sich allein«, sagte Frühauf.

»Mir ist es nicht egal«, rief Bella.

»Ich finde es auch irgendwie tröstlich, wenn man nicht so allein stirbt«, philosophierte Frauenfelder.

Frühauf schaute ihn an. Er fragte Bella nicht, mit welchem von ihnen beiden sie lieber sterben wolle.

»Unfall?« fragte er statt dessen Frauenfelder.

»Schwer zu sagen. Mit siebzig innerorts frontal in eine Gartenmauer. Beide sofort tot. Sieht mir eher nach einer geplanten Sache aus.«

»Geplant von wem?«

»Wer saß am Steuer?« schrie Bella gegen den Lärm der Kaffeemaschine.

»Er«, schrie Frauenfelder zurück.
Die Maschine schwieg. Bella kam mit drei Tassen Espresso aus der Küche.
»Glaubst du, daß sie sich umbringen wollten?« fragte sie und blickte zwischen Frühauf und Frauenfelder hindurch.
»Weiß ich nicht«, sagten beide zugleich und hätten darüber gelacht, wenn es nicht so traurig gewesen wäre.
Frauenfelder fragte: »Er sie, weil sie Stelze hatte heiraten wollen?«
Und Frühauf fragte: »Oder sie ihn, weil er ihren Stelze umgebracht hatte?«
»Ich glaube nicht, daß Bruno Stelze umgebracht hat«, sagte Frauenfelder.
»Wir wissen es nicht«, faßte Bella zusammen.
»Wir wissen überhaupt fast nichts«, ergänzte Frühauf.
»Ich glaube, es war ein Unfall«, sagte Frauenfelder.
»Kommt schließlich auf ein und dasselbe heraus«, sagte Bella mit der Tasse in der Hand.
»Kannst du mir sagen, wann Arnikka erfuhr, daß Bruno tot war?« fragte Frühauf Frauenfelder.
»Das habe ich sie nicht gefragt.«
»Und wer hat es ihr mitgeteilt?«

»Habe ich sie auch nicht gefragt.«
»Müßtest du aber«, sagte Frühauf.

Der Doppelmord in der Villa Restelberg stand am Mittwochmorgen groß in den Zeitungen, viel kleiner die Notiz über Brunos und Rita Schönmanns Unfall.
Was noch nicht in den Mittwochszeitungen stand und vorläufig überhaupt nirgends erwähnt wurde, erfuhr Frühauf im Lauf des Mittwochnachmittags aus gewöhnlich gut unterrichteter Quelle: Es sah so aus, als sei Brunos Wagen manipuliert worden.
»Weißt du etwas davon?« sprach er Frauenfelder am Donnerstag beim Mittagessen zu dritt darauf an.
»Kein Kommentar«, antwortete dieser und nahm einen großen Schluck aus dem Rotweinglas.
»Wenn es stimmt, dann ist es kaum Selbstmord, eher Mord«, redete Frühauf vor sich hin, in der Hoffnung, der andere würde doch noch aus der Schule plaudern. Aber Frauenfelder war heute nicht gesprächig.
Also kombinierte Frühauf auf eigene Faust weiter. »Wer könnte es getan haben? Spannende Frage. Der Wagen stand gewöhnlich vor den

Garagen der Villa Restelberg. Arnikka, weil sie fürchtete, Bruno an Rita zu verlieren? Sie war da ja noch nicht verhaftet. Trotzdem glaube ich nicht, daß sie es war. Kennt sich dort sonst noch jemand mit Autos aus? Ich sage euch, wer. Die alte Dame. Uta Restelberg höchstselbst.«

»Du spinnst« sagte Bella, und Frauenfelder nickte dazu.

»Die Alte hat als junges Mädchen fliegen gelernt und fuhr zuvor schon Auto und behauptet, sie verstehe mehr von Autos als jeder Mechaniker. Sie mußte Interesse daran haben, daß Bruno nicht mehr reden kann. Er wußte zu viel. Immerhin hat er Stelze für sie organisiert.«

»Das behauptest du«, sagte Frauenfelder. »Sie behauptet, nichts davon zu wissen.«

»Meinst du, sie bindet euch das auf die Nase? Die gibt nichts zu, was ihr nicht zweifelsfrei beweisen könnt.«

»Dann beweis ihr das mal!« seufzte Frauenfelder.

»Sie hat bei der ganzen Geschichte die Fäden in der Hand gehabt, vom Anfang bis zum Schluß.«

»Kannst du mir verraten, warum dann ihre Schwiegertochter keinen Ton davon sagt?« fragte Frauenfelder.

»Ist doch klar! Die Alte hat den Kleinen, Jeremy. Mit ihm kann sie die Junge unter Druck setzen. Aus Arnikka werdet ihr kein böses Wort über Uta Restelberg herausbekommen.«

»Und ich sage noch einmal: Du spinnst!« sagte Bella.

Frauenfelder aber fragte: »Von dir habe ich nichts über das Sechseläuten gelesen. Und was hast du eigentlich mit deinen Bildern gemacht?«

»Nichts« antwortete Frühauf.

»Was sage ich? Du spinnst!« wiederholte Bella.

Pfarrer Sprechers Begräbnis fand am Montag, eine Woche nach dem Sechseläuten, statt. Die Predigerkirche war bis auf den letzten Platz gefüllt. Delegationen aller Zünfte Zürichs erwiesen dem Toten die letzte Ehre. Neben der Kanzel stand die große Fahne seiner Zunft und die kleinere einer Studentenverbindung, deren Alter Herr Sprecher gewesen war. Die Kollegen von den anderen drei Altstadtkirchen sprachen die Liturgie, der Präsident des Kirchenrats predigte. Für den anschließenden Imbiß war auf der Stube von Sprechers Zunft allein zuwenig Platz. So wurde ein Teil der Gäste auf die Stube einer benachbarten Zunft, derjenigen der Familie Restelberg, gebeten.

Frühauf war in der Kirche. Da er für eine Zeitung darüber berichten mußte, ging er weder auf die eine noch auf die andere Stube zum Leichenmahl, sondern nach Hause an den Schreibtisch.

Am Dienstag wurde Rita Schönmanns Asche im Gemeinschaftsgrab auf dem Friedhof Enzenbühl beigesetzt. Es hätte im engsten Kreis geschehen und erst nachher öffentlich angezeigt werden sollen, aber einige von Ritas Fürsorgekolleginnen hatten davon erfahren und setzten Ort, Datum und Tageszeit in einer großaufgemachten Todesanzeige »voll Wut und Trauer« ins Tagblatt.

Dort las es auch Frühauf, und er konnte es sich schon aus beruflichen Gründen nicht leisten, nicht hinzugehen. Er stand abseits unter den nackten Platanen und schämte sich ein wenig, daß er an Ritas runden Leib mit den Sommersprossen und den roten Haaren denken mußte. Sie tat ihm leid in der Einsamkeit des kleinen Erdlochs, in das der Friedhofsgärtner die Urne ausschüttete. Er hatte gehofft, Stelze würde an ihrer Seite bestattet oder wenigstens Bruno. Aber Arnikka hatte es anders gewünscht, und ihren Wünschen wurde entsprochen.

Stelzes Asche sei bereits am Freitag nach dem Sechseläuten beigesetzt worden, ebenfalls in einem Gemeinschaftsgrab, jedoch auf einem Friedhof am anderen Ende der Stadt, erfuhr Frühauf auf dem Heimweg im Tram von einer Fürsorgerin aus Ritas Büro.

Am Mittwochvormittag war die Beerdigung von Gerold Restelberg Vater, Gerold Restelberg Sohn und Bruno auf dem Waldfriedhof eines Vororts von Zürich an der sogenannten Goldküste. Uta Restelberg hatte ihn gewählt, weil jedes Aufsehen vermieden werden sollte. Frauenfelder hatte natürlich über amtliche Kanäle davon erfahren, und Frühauf fand es freundlich von ihm, daß er es ihn unter dem Siegel der Verschwiegenheit wissen ließ.
In der Nacht hatte es geregnet; jetzt lachte eine grelle Sonne ironisch auf die drei Särge herab, die nebeneinander über den ausgehobenen Gräbern standen, drei Parallelen, die sich erst im Unendlichen wieder trafen. Es gab keine Kränze und auch sonst keine Blumen. Die riesigen alten Hängebuchen am Rande des Friedhofs schauten wachsam auf die Toten herunter.
Frühauf war ausnahmsweise früh aufgestanden,

obwohl es in der Nacht vorher spät geworden war. Er nahm an, daß er am Begräbnis nicht willkommen war, die Familie wollte unter sich sein. Deshalb stand er nicht am Gräberfeld, sondern jenseits des Maschendrahtes unter den Bäumen. Er hatte für alle Fälle seine Kamera bei sich und zog die Jacke darüber, weil von den Ästen immer noch schwere Tropfen herunterklatschten. Obwohl er dabei einen feuchten Rücken bekam, lehnte er sich an einen Stamm. Er konnte den ganzen Friedhof überblicken und sah kurz vor neun den ersten Wagen am Tor vorfahren. Es war ein grauer Kastenwagen, die Fenster hinten waren verdunkelt. Zwei Polizistinnen in stahlblauen Uniformen stiegen aus und öffneten die Schiebetür an der Seite. In dem Wagen stand ein Käfig aus Metallstäben. Die eine der beiden Polizistinnen öffnete mit dem Schlüssel den Käfig. Arnikka streckte den Kopf heraus; als sie sah, daß sie die erste war, zog sie ihn sogleich wieder zurück. Sie und die Polizistinnen warteten; die Käfigtür blieb offen.

Als zweiter kam der Pfarrer, ein jüngerer Mann, den Frühauf nicht kannte. Und zuletzt, pünktlich eine Minute vor neun Uhr, Uta Restelberg im schwarzen Mercedes. Frühauf sah, wie der neue

Chauffeur die Tür des Fonds öffnete. Er sah, wie schmale Füße in schwarzen Lackschuhen mit Goldschnalle und lange, schlanke Beine in schwarzen Strümpfen sich aus dem Wageninnern vortasteten und draußen festen Grund suchten. Er sah, wie Uta Restelberg den kurzen Rock zurechtzog, als sie stand, dann die linke Hand ins Dunkel des Fonds zurücktauchte und daran wie einen Fisch an der Angel den kleinen Jeremy ans Licht zog. Jeremy war ebenfalls schwarz gekleidet und trug ein Rüsseltier aus pinkrotem Plüsch unter dem Arm.
Der Pfarrer kam Uta Restelberg und Jeremy entgegen. Er reichte ihr die Hand, beugte sich zu dem kleinen Jeremy hinunter und sagte etwas zu ihm. Das Kind zeigte ihm sein Pinktier, und der Pfarrer streichelte es. Dann richtete er sich auf und blickte zum Tor zurück. Uta Restelberg drehte sich um. Arnikka war aus dem Käfig geklettert und kam zwischen den beiden Polizistinnen durch das Friedhofstor herein. Sie merkte, daß Uta Restelberg auf sie wartete, und blieb stehen, als fürchte sie die Begegnung mit der Schwiegermutter. Aber diese lief zu ihr, schloß sie in die Arme und küßte sie auf beide Wangen. Jeremy stand daneben und schaute zu Boden. Als

Arnikka ihn anredete, verbarg er sich hinter der Großmutter.

Arnikka war ganz in schwarzes Leder gekleidet. Der Pfarrer gab ihr ernst die Hand, dann schritt er dem kleinen Zug voran zu den drei Särgen. Die Polizistinnen blieben zurück. Von hinten näherte sich nun noch der Friedhofsgärtner und trat neben die Särge. Die beiden Frauen und das Kind stellten sich den Särgen gegenüber auf. Der Pfarrer stand mit dem Rücken zu ihnen. Er schlug eine schwarze Bibel mit Goldschnitt auf und las. Frühauf konnte nur seine Stimme hören, verstand aber kein Wort.

Als er den Blick von der Gruppe in der Mitte des Friedhofs abwandte, sah er weit drüben, auf der anderen Seite, ebenfalls außerhalb des Maschenzauns, einen Mann im Regenmantel stehen: Frauenfelder, der wie er die Trauernden ein paar Augenblicke in Ruhe ließ und statt dessen die Bildränder unter Beobachtung nahm. Frühauf sah, daß Frauenfelder ihn sah. Er hob ein wenig die Hand, und auch Frauenfelder hob die Hand.

Der Pfarrer hatte sich inzwischen den Särgen zugewendet und hielt die rechte Hand segnend über sie. Frühauf glaubte das Wort »Amen« zu verstehen. Dann drehte sich der Pfarrer wieder zu den beiden Frauen und dem Kind um, segnete auch sie und ging ein paar Schritte beiseite. Uta und Arnikka, das Kind zwischen sich, traten dicht an die Särge heran. Jeremy hielt mit der einen Hand die Hand der Großmutter, mit der andern sein Stofftier. Arnikka hob ihn hoch und wollte ihn anscheinend dazu überreden, das Tier auf den Sarg des Vaters zu legen. Aber Jeremy weigerte sich und gab es nicht aus der Hand. Uta Restelberg machte eine ungeduldige Bewegung, da stellte Arnikka den Sohn wieder auf den Boden.

Der Pfarrer gab ein Zeichen zum Gehen. Die Frauen und das Kind wandten sich um. Der Zug marschierte langsam und steif bis zum Friedhofstor zurück, wo die Polizistinnen warteten. Dort gab der Pfarrer Arnikka die Hand. Uta Restelberg küßte sie wieder auf beide Wangen. Jeremy wollte sich nicht von ihr umarmen lassen. Als Arnikka in den Käfig kletterte, zog sie den Kopf ein.

Uta Restelberg gab ihrem neuen Chauffeur eine Anweisung, dann sprach sie kurz mit dem Pfarrer. Frühauf sah den weißen Umschlag, den sie aus der Handtasche zog und dem Pfarrer so diskret zusteckte, als sei es Schmiergeld.

Er hörte den Chauffeur nicht kommen, bis dieser ihn von hinten anredete.
»Herr Frühauf? Frau Restelberg läßt ausrichten, daß Sie bitte morgen um acht zum Diktat bei ihr sein möchten.«
Der Mann erwartete keine Antwort. Kurz darauf fuhr auch der schwarze Mercedes ab.
Frühauf hatte kein einziges Bild gemacht. Jetzt, da die Frauen weg waren und bevor die Friedhofsgärtner die Särge in die Gräber versenkten und die Gräber schlossen, wollte er wenigstens die drei Särge doch noch fotografieren. Er hob die Kamera hoch, als er Kingkong sah. Groß, schwerfällig und bärtig wie ein Bär, ging er den Weg zu den Gräbern hinauf. Vor Brunos Sarg blieb er stehen, senkte einen Augenblick lang den Kopf, dann spuckte er aus, wandte sich ab, eilte unter den Bäumen durch, setzte mit einer Behendigkeit über den Zaun, die Frühauf ihm nicht zugetraut hätte, und war verschwunden.

Sie trafen am Tor zusammen.
»Kann ich dich mitnehmen?« fragte Frühauf Frauenfelder. Er mußte mit dem Bus gekommen sein.
»Die Frau macht mir Eindruck. Diese Haltung!«

sagte Frauenfelder, als sie in Frühaufs Auto auf der Seestraße in die Stadt zurückfuhren.

»Welche von beiden?«

»Die alte. Steht vor den Särgen, aufrecht wie ein Soldat.«

»Kalt wie Stahl. Und zufrieden. Sie hat ihr Ziel erreicht. Alles aus dem Feld geschlagen, was ihr hätte gefährlich werden können.«

»Übertreib nicht länger, Frühauf«, sagte Frauenfelder. »Du machst einen Vampir aus Uta Restelberg.«

»Ist sie das etwa nicht? Sie hieß Bruno Stelze anheuern, den früheren Chef eines Schießstandes. Wenn Gerold Restelberg, der Vater, im Umzug vorbeimarschierte, sollte Stelze aus einem Haus, das den Restelbergs gehört, eine Straßenlaterne herunterschießen, und Gerold sollte denken, der Schuß habe ihm gegolten. Er würde als erstes seinen Sohn verdächtigen. Damit hetzte die alte Restelberg Gerold Vater und Sohn aufeinander in der Hoffnung, zwei Fliegen mit einem Schlag zu erledigen. Hätte Arnikka nicht zugestochen, wäre der ältere Gerold ins Gefängnis gewandert und hätte seiner Mutter auch so nie mehr in die Quere kommen können. Wann hat Arnikka eigentlich von Brunos Tod erfahren?«

»Genaue Uhrzeit? Weiß sie nicht mehr.«
»Und von wem?«
»Von Uta Restelberg«, antwortete Frauenfelder. »Die sich an die Uhrzeit natürlich auch nicht mehr erinnern kann. Die Alte geht auf Nummer sicher. Denn ihr Sohn Gerold könnte ja vor Gericht glimpflich davonkommen. Also muß auch er beseitigt werden. Wer besorgt das? Arnikka. Ihr wird gesagt, Bruno sei tot, mit dem Wagen verunglückt. An dem Wagen sei gebastelt worden. Arnikka muß denken, ihr Mann habe ihren Liebhaber aus dem Weg geschafft.«
»Du redest Unsinn. Du hast dich völlig verstiegen.«
»Für Stelze war der Auftrag ein gefundenes Fressen. Vermittelt durch Kingkong, der ihn schon der grünen Barbara empfohlen hatte und der alle in der Szene kennt. Angeworben von Bruno, angeblich im Namen einer sozial denkenden Gruppe, die gegen Entlassungen protestiert und zu der auch seine Freundin Rita gehört. Gute Bezahlung ist versprochen. Doch als er dann im Stau des Umzugs am Central den gehaßten Pfarrer Sprecher neben Gerold Restelberg stehen sieht, nimmt er die Gelegenheit wahr. Ebenfalls zwei Fliegen mit einem Schlag. Nur hat er nicht mit

Uta Restelberg und ihrem Helfer Bruno gerechnet.«

»Bella hat recht. Du spinnst«, sagte Frauenfelder.

»Wo steigst du aus?«

»Weißt du, daß deine Phantastereien gefährlich sind, Frühauf?«

»Wo du aussteigst, habe ich gefragt.«

»Wo fährst du hin?«

»Zu Bella. Mittagessen.«

»Ich komme mit!« sagte der Chef der Kriminalpolizei. »Übrigens, was wollte Uta Restelbergs Chauffeur von dir?«

»Er bat mich, in die Villa zu kommen. Sie will mir ihre Geschichte erzählen. Ich soll daraus ein Buch für sie machen.«

»Ihre Geschichte mit Hitler?«

»Die hat sie mir schon erzählt. Du kennst sie?«

»Wer kennt sie nicht! Nur redet niemand öffentlich davon.«

»Das nächste Kapitel heißt Stalin.«

»Hör gut zu und schreib fleißig mit. Wann sollst du dort sein?«

»Morgen. Um acht.«

»Dann mußt du ja einmal früh auf!«

Die Zunfthäuser der historischen Zünfte

1. Haus zum Rüden
(Gesellschaft zur Constaffel)
Limmatquai 42

2. Zunfthaus zur Saffran
(Zunft zur Saffran)
Limmatquai 54

3. Zunfthaus zur Meisen
(Zunft zur Meisen)
Münsterhof 20

4. Zunfthaus zur Schmiden
(Zunft zur Schmiden)
Marktgasse 20

5. Zunfthaus zur Zimmerleuten
(Zunft zur Zimmerleuten)
Limmatquai 40

6. Zunfthaus zum Königstuhl
(Zunft zur Schneidern)
Stüssihofstatt 3

7. Zunfthaus zur Haue
(Zunft zum Kämbel)
Limmatquai 51

8. Zunfthaus zur Waag
(Zunft zur Waag)
Münsterhof 8

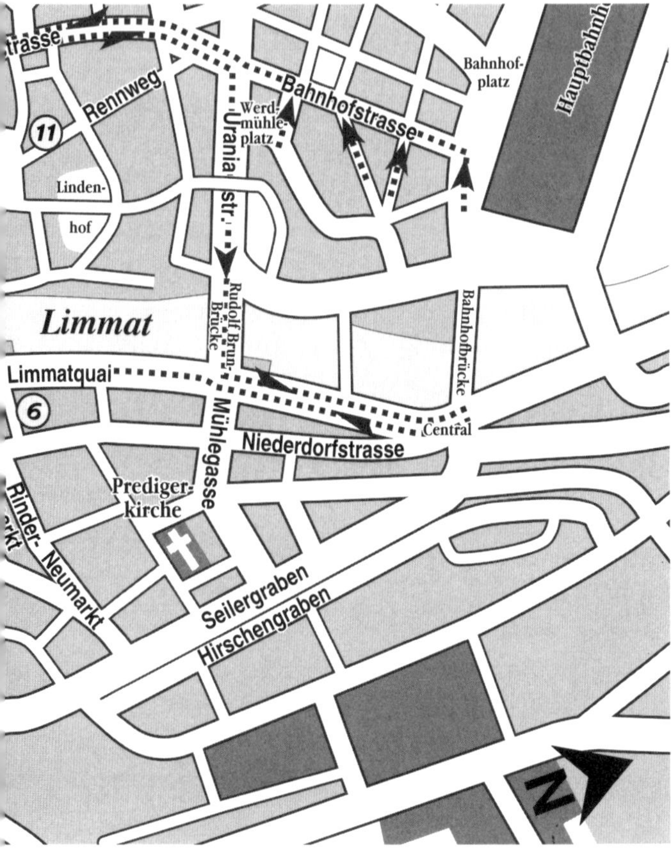

Zunftstuben historischer Zünfte

(9) Restaurant Weisser Wind
(Zunft zum Weggen)
Oberdorfstrasse 20

(10) Hotel Savoy
(Vereinigte Zünfte zur Gerwe und zur Schuhmachern)
Poststrasse 12

(11) Hotel Widder
(Zunft zum Widder)
Rennweg 7

(12) Hotel Storchen
(Zunft zur Schiffleuten)
Weinplatz 2

▪▪▪➤ Sechseläuten - Route des Zunftzuges

0 100 200 300 400 500 m

Ulrich Knellwolf, geboren 1942, aufgewachsen in Zürich und Olten. Abitur an der Kantonsschule Solothurn. Studium der evangelischen Theologie in Basel, Bonn und Zürich. Seit 1969 Pfarrer, von 1984–1996 an der Predigerkirche in der Zürcher Altstadt. Jetzt Teilzeittätigkeit als Seelsorger in einem Pflegeheim. 1990 Promotion zum Dr. theol. an der Universität Zürich mit einer Arbeit über Jeremias Gotthelf. Theologische, literarische und journalistische Veröffentlichungen. Bei Arche erschienen: *Roma Termini*. Kriminalroman (1992). *Tod in Sils Maria. 13 üble Geschichten* (1993) sowie *Klassentreffen*. Kriminalroman (1995). Lebt mit seiner Frau in Zollikon-Zürich.

Inhalt

ochsne